# L'INVENTION DU PÈRE

Un jeune homme, Rafael, part à la rencontre d'un père qu'il n'a jamais connu et qui est en train de mourir. Longtemps, il n'a rien voulu savoir de lui. Mais on ne survit pas sans passé très longtemps. Il faut en inventer un, ou l'arracher à la mémoire, sous peine de n'être rien.

Rafael traverse la frontière franco-espagnole en direction de Huesca, vers un village perdu où Goyo Lasagual, son père, s'est exilé. Il entreprend ce voyage en compagnie de Maria Pilar, la sœur de Goyo, qu'il rencontre pour la première fois.

À peine est-il arrivé que Maria lui apprend la mort de ce père inconnu. Au village où celui-ci a vécu, Rafael ne découvre, triste héritage, qu'une maison à moitié brûlée, un corps à enterrer et des habitants hostiles. Contre toute raison, contre toute sagesse, Rafael décide de rester dans ce village peu à peu déserté, habite la maison paternelle dont l'incendie criminel a saccagé le toit. De questions en réponses, de verres d'absinthe en rencontres, il va peu à peu découvrir les raisons de l'hostilité que les habitants du village lui portent. Rafael devient, comme son père, « l'étranger ».

Il lui sera facile de mentir à sa mère et de lui écrire que Goyo Lasagual est vivant puisque, de jour en jour, il l'invente, l'imagine, le crée comme pour laver cette filiation d'un passé qui n'aurait pas eu lieu.

*Arnaud Cathrine est né en 1973. Il est l'auteur de huit romans, dont* Les Yeux secs *(Verticales, 1998),* Mon Démon s'appelle Martin *(L'École des Loisirs, 2000), La Route de Midland (Verticales, 2001) et* Les Vies de Luka *(Verticales, 2002).*

DU MÊME AUTEUR

Les Yeux secs
*Verticales, 1998*
*et « J'ai Lu », n° 5155*

Mon démon s'appelle Martin
*École des Loisirs, 2000*

Vendredi treize chez tante Jeanne
*École des Loisirs, 2001*

Je suis un garçon
*École des Loisirs, 2001*

La Route de Midland
*Verticales, 2001*
*et « Points », n° P1021*

Les Vies de Luka
*Verticales, 2002*

Les Choses impossibles
*École des Loisirs, 2002*

Comment va la guerre
*(avec Isabelle Rossignol)*
*Nuit Myrtide, 2003*

Exercices de deuil
*Verticales, « Minimales », 2004*

Faits d'hiver
*École des Loisirs, 2004*

Arnaud Cathrine

# L'INVENTION DU PÈRE

ROMAN

*Verticales*

TEXTE INTÉGRAL

ISBN 2-02-040338-2
(ISBN 2-84335-066-2, 1re publication)



www.seuil.com

*Pour Alix*
*Et pour Alix*

« Plus de jeu, plus de théâtre, j'étais sans doute dans la vérité. Mais la vérité, cher ami, est assommante. »

Albert Camus
*La Chute*

« Tu dois me prendre comme je suis, dit le tigre en s'apprêtant à bondir.
Toi aussi, dit le chasseur en l'abattant d'un coup de fusil. »

Arthur Schnitzler
*La Transparence impossible*

Je m'étais juré de ne jamais passer
la frontière espagnole.

Ma tante a entendu la voiture monter la côte. Elle porte un manteau en dépit de la chaleur. Je ne l'imaginais pas si jeune.

La maison est immense. Je crois savoir qu'elle y vit seule.

– Il est mort en début d'après-midi. Vous étiez déjà sur la route. Je ne pouvais pas vous prévenir.

Il est mort. Je ne comprends pas. Mon père est mort en début d'après-midi. Je ne l'aurai jamais connu.

Je cherche à tenir mon corps le plus droit possible. Que faire, prononcer quelques mots, lancer un juron, montrer que je reçois ce deuil en plein visage, que ça fait un poids, oui, endosser l'habit de l'orphelin, l'orphelin que je ne suis pas ? Mais je ne peux tout de même pas lui dire ce que j'ai dans le crâne, pas tout de suite : le deuil, rien pour moi, je n'ai pas perdu mon père, je l'ai manqué, nuance, manqué lors même que je me décidais à le braver, l'affronter. J'y vais ou je reste ?

Je lui tends la main.

– Je ne me suis pas présenté. Rafael...

– Maria Pilar, réplique-t-elle décontenancée.

D'un geste mécanique, je saisis sa valise et la range dans le coffre. Nous rejoignons bientôt la départementale. Direction la frontière espagnole.

– Je me suis décidé trop tard, c'est ça ?

Premier juillet 1981.
J'ai vingt-cinq ans.
Goyo Lasagual est mort.
Et la conversation mal engagée.

Le paysage se dessèche peu à peu, ne laissant derrière nous qu'une vague rocaille et de chétifs talus d'herbes.

La chaleur est harassante. J'ai posé une bouteille d'eau sur la plage arrière. Elle doit être tiède à présent. Je n'ai pas soif.

Maria Pilar me rappelle à l'ordre. La cérémonie a lieu demain matin. Si tôt ? Je lui fais remarquer que nous n'atteindrons la frontière qu'au lever du jour. Elle se tait, négligeant ce détail qui ne saurait justifier mon impassibilité. Inutilement, j'insiste :

– J'ignore si nous arriverons à temps.

La sœur de mon père est âgée d'une cinquantaine d'années. Je détaille son visage, m'attendant confusément à voir apparaître Goyo Lasagual en filigrane.

Silence édifiant.

– Vous allez mourir de chaud sous ce manteau.

Elle s'en défait à grand-peine et le glisse négligemment à l'arrière.

– Vous connaissez le village ?

– Pas plus que vous.

– J'étais persuadé que vous y aviez vécu.

– Non, nous habitions Madrid pendant la guerre. Mais, à vrai dire, je ne m'en souviens pas. Nos parents ont fui le pays à la chute de Barcelone. Ils m'ont emmenée en France avec eux. Goyo, lui, tenait à rester.

– Quel âge avait-il ?

– Un peu plus de vingt ans. J'en avais dix de moins. Finalement, il nous a rejoints, pour repartir de façon tout aussi irraisonnée quelques années plus tard.

Je me penche au-dessus du volant, tâte le tissu trempé de ma chemise et libère un instant mon dos de son contact désagréable.

– Vous n'êtes jamais retournée là-bas ?

– Non, jamais. Je soupçonne l'Histoire d'avoir bâclé mon père.

J'ouvre la boîte à gants. J'en sors une photographie aux bordures dentelées. Elle fixe le cliché et semble se retrancher en elle-même.

– Il ne manque que lui... Quand il voyait notre père rôder l'appareil à la main, Goyo filait à l'autre bout du bois. Un bois immense, non loin de la maison. Ma mère l'attendait pendant des heures. Il ne tenait pas en place.

Elle hésite.

– Mais vous aurez pu le constater depuis...

*Constater*. Que de mesure. Et que ne donnerais-je pas pour la contraindre au reproche. Au lieu de quoi, ma tante s'entête à parler de son frère sans la moindre acrimonie.

Elle fait disparaître la photographie dans la boîte à gants. Puis, comme revenue aux funestes motifs de notre voyage, elle passe une main inquiète sur son front.

– Rafael, à combien revient la location de la voiture ?

– Je ne sais plus exactement.

– En tout cas, je m'en charge.
– Non. Je tiens à ce que nous partagions.

Le ciel est tombé entre chien et loup. Je cligne des yeux, les masse dans leur orbite, espérant retrouver une vue plus claire.

Le voyage s'annonce à l'image de notre conversation – interminable.

– Est-ce que je lui ressemble ?
– Vous n'avez pas de photos de lui ? s'étonne-t-elle.
– Vous croyez peut-être que ma mère s'est amusée à faire des albums de famille ?

Ma remarque reste sans effet.

– Évidemment, j'ai déjà vu des photos de lui... Mais à quoi bon puisque d'un cliché à l'autre, je ne le reconnais pas.

Je vais enterrer mon père. Je vais enterrer mon père et je ne sais pas ce que cela veut dire. Un père. Le père.

Je songe à tous ces gestes qu'il me faudra probablement accomplir, cette mise en scène imparable – cérémonie, mise en terre, en rang par deux, balancez l'encensoir, et puis chacun chez soi.

Je songe à cet air défait qu'on attend de moi, ou plutôt de celui que je ne suis pas.

Moi, je suis le rejeton, le retardataire. Je m'en vais entériner vingt-cinq ans d'absence. Non pas l'ensevelir lui.

– Nous n'aurons pas le temps de nous arrêter en chemin. Vous pouvez dormir si vous voulez.

Sans chercher à reposer sa tête sur le dossier, la nuque raide, Maria Pilar ferme les yeux.

La route devient étroite, imposant la présence de refuges pour permettre le croisement des véhicules.

Le village ne figure sur aucune carte. Et peut-être devrais-je y voir un premier signe. Les géographes l'ont omis, Atlantide insignifiante qu'il serait vain de prendre en compte sachant qu'elle disparaîtra tôt ou tard.

Les virages s'enchaînent, comme dans un mouvement de roulis paisible.

La frontière s'éternise. Elle semble plonger au plus profond de la montagne, renvoyant la lumière loin de nous.

Je souhaiterais ne jamais remonter, ne jamais revoir l'horizon. Mon horizon. Ou, du moins, ce qu'il en reste.

Je gare la voiture au bord du précipice. Maria Pilar reste à l'intérieur. Elle tient absolument à lire le contrat de location. Je n'insiste pas.

La route serpente à flanc de montagne puis file en direction du village. Un bus nous a précédés, bringuebalant de rares passagers.

J'observe la perspective des habitations, scrupuleusement ordonnées de part et d'autre de la rue centrale.

Ne serait-ce quelques vignes situées à proximité, les champs ont été laissés à l'abandon. Ils sont émaillés de moulins en ruines auxquels on a ôté les volants.

Maria Pilar baisse la vitre.

– Nous devrions repartir.

– Je ne compte pas assister à la mise en bière, et vous ?

Nous nous engageons dans la rue principale. Une rue de terre blanche, lumineuse.

Sans chercher à m'expliquer l'étrange défiance que m'inspire l'odeur du lieu, je remonte la vitre.

Les maisons défilent lentement sous nos yeux. On peut apercevoir de fines nervures dans la chaux. Les façades n'en paraissent que plus friables. Elles me font penser à des décors de cinéma, des trompe-l'œil qu'on aurait dressés là pour l'occasion.

Des chapelets de piments sèchent au soleil. Quelques vieillards sont assis sur le pas de leur maison, désœuvrés. Ils suivent notre arrivée avec attention.

Maria Pilar a les yeux rivés sur la droite. Je ralentis. Nous longeons une habitation incendiée. Le toit est partiellement troué. Des poutres rongées par les flammes apparaissent entre les brèches. Des hommes déblayent la matière calcinée qui s'est écrasée au sol. L'incident est certainement très récent.

La place de l'église. Je coupe le contact. Nous restons figés dans la touffeur de l'air.

Quelques enfants se coursent sur le parvis de poussière, louvoyant entre de piteuses brouettes, un bric-à-brac de matériaux et d'outils abandonnés. Ils nous scrutent un instant puis reprennent leur jeu.

L'hôtel se tient à gauche de l'église. Un café lui fait face. Une corde pend non loin de l'entrée. Des boîtes de conserve, criblées d'impacts de balles, s'y balancent lamentablement.

La peinture du hall de l'hôtel s'effrite. On devine toutefois les traces de couleurs chatoyantes. Le temps n'en a laissé qu'une teinte ocre et sale.

Nous avançons vers la réception. Un vieil homme, enfoncé dans son fauteuil, nous jette un regard distant.

– ¿ Cuarto de matrimonio ?

– No. Separados, por favor, répond Maria Pilar.

L'homme nous demande de signer un registre. Il observe chacun de nos gestes avec attention, comme s'il attendait que l'un d'eux nous trahisse.

– ¿ Para cuántas noches ?

Maria Pilar se tourne vers moi, perplexe.

– No sé.

Ils échangent quelques mots qui semblent plonger Maria Pilar dans l'embarras. Le standardiste nous tend nos clefs et se racle la gorge.

– Yo, de ustedes, no me quedaría aquí...

Je baisse les yeux, me gardant bien de quémander une traduction auprès de ma tante.

Nous empruntons un abri de bois ouvert sur la rue. Une jeune fille nous observe depuis la maison mitoyenne. Sa chevelure brune disparaît bientôt derrière le rideau de la fenêtre.

– Je suppose que vous avez aperçu la maison brûlée, me glisse Maria Pilar.

Je soupire ostensiblement.

– J'étais sûr que vous alliez me parler de cette maison. C'est là qu'il habitait ?

– Oui. Un incendie a sérieusement endommagé le premier étage cette nuit.

– Et le corps ?

– Il reposait dans sa chambre, au rez-de-chaussée.

– Qui a fait ça ?

– Ils ne savent pas.

Je serre la clef de ma chambre.

Je pense à son corps.

Je regrette par avance d'être ce fils.

Un homme, vêtu d'un costume austère, vient à nous et nous salue. Je rejoins ma chambre.

– C'est le médecin légiste, annonce Maria Pilar.

Je m'immobilise.

– La mise en bière n'a pas encore été effectuée. La reconnaissance du corps est indispensable.

– Comment voulez-vous que je le reconnaisse ?

Maria Pilar traduit mes paroles. Le médecin formule quelques mots en espagnol, définitif.

– Je vous conseille de m'accompagner.

– Je ne veux pas le voir.

Le médecin a parfaitement saisi. Il insiste.

– Dites-lui que je ne comprends pas l'espagnol.

Silence, suspendu à ma décision.

Contrit, je pousse la porte de ma chambre, pose ma valise près du lit et ressors.

Quelques habitants patientent devant la maison de Lasagual. Un homme fait les cent pas près de la porte d'entrée. Un autre est assis sur les marches de la véranda, le menton calé dans la paume de ses mains.

Nous suivons le médecin.

Où vais-je trouver le courage d'aller jusqu'au bout ?

Être le fils jusqu'au bout.

– De quoi est-il mort ?

On ne me répond pas.

Nous gravissons les marches de la véranda. Dans un brouhaha soudain, les habitants se ruent sur nous. Le médecin tente de les écarter. Maria Pilar me fait comprendre qu'ils nous proposent leurs services moyennant un quelconque dédommagement.

– Quels services ?

– La mise en bière et le transport du cercueil.

Elle s'entretient avec deux d'entre eux.

Voyant qu'ils ont manqué leur chance, certains s'autorisent quelques paroles vindicatives.

Je remarque une vieille femme au teint bistre en bas des marches. Son visage est tout aussi ridé que la chaux des maisons. Elle vitupère en me montrant du doigt.

Un peu à l'écart, un garçon s'approche lentement. Il est plus jeune que moi. Vingt ans sans doute. Le médecin lui fait signe de s'éloigner. Considérant l'entêtement du jeune homme, il vient à lui d'un pas décidé. Il ébauche un geste à son encontre puis le tire par le bras. Il élève la voix. Le jeune garçon me fixe. Il porte des vêtements de toile élimés, troués à certains endroits. Des cheveux noirs ceinturent son front en une broussaille informe. Je sais qu'il a reconnu en moi le fils de Lasagual.

Nous entrons, suivis des deux individus supposés transporter le cercueil. Maria Pilar m'informe qu'ils n'exigent pas d'argent et se contenteront de vêtements. Des vêtements ? Les costumes de votre père, par exemple.

Une odeur inconnue me saisit.

Le médecin et Maria Pilar entrent dans la cuisine. Une table recouverte d'une nappe tachée. À gauche, le salon. Un couloir étroit. La chambre.

Je reste un moment sur le pas de la porte. J'observe les volets entrouverts, les rais de lumière qui plongent dans la pièce et m'éblouissent.

Le médecin se dirige vers la fenêtre et ouvre les volets.

La lumière fuse.

Je me retourne vers le lit.

Le notaire nous attendait à la sortie du cimetière.

Je me suis contenté de suivre les contorsions de son visage osseux. Il m'a semblé voir en lui une sorte de croque-mort à contre-emploi.

Enfin, ma tante m'a annoncé que j'avais hérité de la maison. Sans plus attendre, j'ai pris congé d'eux. Maria Pilar a promis de me rejoindre dès que possible. Je suis passé rendre ma clef à la réception. J'ai quitté l'hôtel, sourd aux invectives du standardiste.

Je logerai dorénavant chez Lasagual.

José et Pedro, les hommes chargés du cercueil, patientaient sous la véranda. Comme convenu, je leur ai cédé deux costumes. Ils s'en sont retournés sans plus tarder, comparant leur nouvelle acquisition.

L'évier de la cuisine est encombré d'une vaisselle de quelques jours. Les restes de nourriture m'inspirent un haut-le-cœur.

L'ameublement ne semble pas avoir fait l'objet d'une grande attention. Un canapé de cuir usé, une table basse couverte d'un linge jauni. Dans le coin, un antique téléviseur. À l'autre bout de la pièce, une armoire renferme la vaisselle. À l'évidence, le tapis n'a jamais été lavé. L'ensemble est de très mauvais goût.

Je monte l'escalier.

Le premier étage est constitué d'une pièce unique, laissée en désordre. La lumière perce entre les brèches du toit. Des vêtements jonchent le sol, partiellement brûlés. Des journaux, des lettres que je ne prends pas la peine d'examiner.

Percevant un léger bruit, je lève les yeux. Je me fige brutalement sous le coup de la frayeur – un oiseau sombre me fixe à quelques mètres de là. Il ébauche un mouvement de l'aile. Sans me retourner, je fais un pas en arrière, saisis la poignée et sors de la pièce. Je ferme la porte à clef et descends précipitamment l'escalier. Je me dirige vers la véranda et retrouve l'air écrasant.

Mon corps est traversé de légers tremblements.

Des hommes, groupés à l'entrée du café, tirent sur les boîtes de conserve. Les fusils claquent par intermittence, accompagnés parfois d'encouragements.

Le bus, qui nous a dépassés ce matin, traverse le village et s'en retourne vers la France. Il est bondé. Les voyageurs observent les alentours avec curiosité.

Une silhouette se profile à droite de la maison. Je reconnais le jeune garçon que le médecin légiste a chassé avant la cérémonie. Il ralentit le pas devant la maison, le regard fixe. Puis, il continue vers la sortie du village, bifurque dans un sentier de terre et disparaît.

Maria Pilar se tient devant moi, les bras chargés de provisions.

– Le standardiste de l'hôtel m'a dit que vous aviez rendu votre clef.

– Effectivement.

Elle me jette un regard agacé.

– Aidez-moi à porter ça.

Je la suis.

– Dormirez-vous dans sa chambre ?

– Non, évidemment. Je m'installerai sur le canapé du salon.

Elle commence à déballer les sacs.

– Vous avez visité les lieux, je suppose.

– Maria Pilar, on est venu saccager le premier étage avant d'y mettre le feu.

– Vous pensez bien que j'avais deviné.

D'un pas assuré, elle se dirige vers l'escalier. Je lui tends la clef à travers les barreaux.

– Vous ne m'accompagnez pas ?

– Vous ne serez pas seule là-haut.

Elle tourne la clef dans la serrure et entre. Je l'entends claquer dans ses mains. Un battement d'ailes s'ensuit.

– Croyez-vous que des choses ont disparu ?

– Sa correspondance est dispersée dans toute la pièce. On a dû au moins la lire. Rafael, êtes-vous sûr de vouloir dormir ici cette nuit ?

– Oui.

Elle retourne dans la cuisine et refuse que je l'aide à ranger les provisions.

– Qui est ce garçon que le médecin a chassé tout à l'heure ?

– Un gitan, répond-elle. On m'a dit qu'il vivait à la sortie du village.

Je balaie la pièce d'un regard perplexe.

– Que vais-je faire de cette maison ?

– La vendre.

– Vous a-t-on fait une offre ?

– Vous devriez aller vous renseigner au café. Miguel,

le patron, vous dira probablement si vous avez une chance de vous en débarrasser.

– L'accueil qui nous a été réservé ce matin n'est guère encourageant... Et puis, je ne comprends pas l'espagnol. Laissez tomber la vaisselle, je m'en chargerai.

– Miguel parle très bien français. Il connaissait votre père.

– Je n'ai aucune envie qu'on me parle de lui, vous savez.

Je redoute la sanction que vont m'infliger les habitants de ce village, ma seule réalité – son fils.

En France, j'étais libre de lui.

Au-delà de la frontière, je suis son fils.

*Le 2 juillet,*

*Maman,*

*Je m'aperçois, un peu consterné, que je n'ai jamais pris la peine de t'écrire. Quant à toi, tu as dû me faire parvenir deux ou trois lettres, il y a longtemps, lorsque les circonstances d'un éloignement momentané t'incitaient à manifester ton attention. Mais tu sais bien que l'on n'écrit pas sans raison de nos jours, je veux dire qu'une lettre digne de ce nom n'est plus supposée apaiser les affres de la distance. Non, on écrit pour dire ce que l'on ne saurait formuler de vive voix. On se débarrasse, dans une relative indécence, de vérités que la pudeur nous interdit de transmettre autrement. C'est pourquoi, j'ai aujourd'hui la conviction que nous ne nous sommes jamais parlé franchement toi et moi. Et puis, on pourrait croire que les coups du sort appellent à la confidence, mais tu reconnaîtras avec moi que nous nous sommes toujours esquivés, nous enfermant dans le mutisme et la gêne qu'inspire cette foutue dignité. Quelle triste habitude que d'avoir toujours voulu jouer au plus fort (et, en cela, je suis à l'évidence plus coupable que toi).*

*Alors ce n'est sans doute pas un hasard si je décide de rompre ce silence à présent que je suis ici, chez Lasagual.*

*Tu imagines bien que son regard m'a manqué (je ne l'ai jamais nié, contrairement à ce que tu penses), le regard d'un homme m'a manqué en dépit de tous les pères putatifs que tu m'as présentés. Mais tu avoueras que je me suis finalement arrangé de cet ordre des choses (sans doute un peu trop à ton goût).*

*Devais-je attendre d'avoir passé la frontière pour le reconnaître ?*

*Et puis-je aujourd'hui m'interdire de te donner de ses nouvelles ? Je sais pertinemment que tu n'en attends ni n'en exigeras de moi mais j'en ressens le besoin impérieux.*

*Lasagual est bien amoindri par la maladie mais il m'a accepté sous son toit très spontanément. Nous ne parlons pas de toi, sois rassurée. Il a bien d'autres choses à me prouver. Tout ce qu'il me dit, je le note dans mon carnet. Je te le ferai lire si tu le désires.*

*Quant à Maria Pilar, dont tu m'avais dit grand bien, je perçois chez elle une douleur que peu soupçonnent à mon avis. J'ai, moi-même, du mal à mesurer le déchirement qui me semble avoir nourri sa propre histoire avec Lasagual. Sans doute est-elle passée à côté de lui comme nous tous. Son enthousiasme et ses désirs paraissent s'être consumés avec la nostalgie. Il en va ainsi, je présume, de certains rendez-vous manqués – les uns nous jettent dans la vie, les autres nous étouffent chaque jour un peu plus.*

*Je crois cela, maman : toi et Maria Pilar vous vous êtes laissé briser par Lasagual. Cet homme a fait deux mortes. Mais moi il ne m'aura pas. Non, il restera cet étranger qui n'a jamais réussi à me mettre à genoux.*

*Lasagual va mourir. Mais sois rassurée. Pour le moins, je l'aurai vu mourir.*

*Embrasse Josué.*
*Bien à toi.*
*Rafael*

Je plie la lettre et médite l'énigmatique mensonge que je m'apprête à adresser à ma mère.

Une chose est sûre. Il faudra bien que, d'une manière ou d'une autre, Lasagual prenne vie. Existe.

Les hommes ont quitté leur poste de tir. J'entre dans le café.

L'endroit est vétuste. Cinq ou six tables. Des chaises auxquelles il manque quelques lattes. Seul le comptoir donne à la pièce un semblant de crédit. De vieilles affiches de féria décorent les murs. Elles sont cornées, crasseuses.

Quatre hommes jouent aux cartes. Trois autres sont accoudés près du patron.

À mon arrivée, ils cessent de parler et me fixent. Mes yeux se font sans tarder à l'obscurité du café. Je reconnais le médecin légiste accompagné de nos deux collaborateurs improvisés, José et Pedro. Ils arborent tous deux leurs costumes. Je juge cet empressement pathétique.

Je les salue d'un signe de la tête et commande une bière. Je ne reçois en retour qu'un murmure éraillé derrière moi.

Le patron doit avoir une bonne soixantaine d'années. De profondes rides barrent son front autoritaire.

– Je cherche à vendre la maison. Ma tante m'a dit que vous pouviez m'aider.

Il sourit, supérieur. Les hommes au comptoir l'observent, impatients sans doute qu'on leur traduise mes propos.

– Personne ne voudra de votre maison.

Il me fixe avec insistance.

– Vous n'avez qu'à la vendre à Marco !

À ces mots, les hommes s'esclaffent. Puis la partie de cartes reprend. Le patron me laisse un moment dans ce silence hostile. Je ne juge pas utile de me composer une mine avenante.

– Qui est Marco ?

L'homme lève les yeux vers moi. Une insulte en espagnol fuse dans mon dos.

Je me tourne vers les trois hommes accoudés au comptoir et lance à tout hasard :

– Vous êtes de son avis ?

– Ne vous fatiguez pas, ils ne parlent pas français.

Il répète alors cette évidence dont il semble tirer quelque fierté :

– Personne au village ne voudra de votre maison.

– Pourquoi ça ?

De nouveau, le silence vient buter contre cette question que nul ne semble disposé à entendre.

Pedro échange quelques mots avec le patron. Puis, il m'observe en hochant la tête. Il jette une pièce sur le comptoir et sort du café, accompagné de José. Je les suis des yeux. Ils se joignent à un groupe assis près de l'église.

Je maudis ma tante de m'avoir envoyé ici.

Je caresse mes joues où perce une barbe de quelques jours. Je me sens poisseux.

Des éclats de voix au-dehors.

– Ne vient-il jamais d'étrangers, ici ?

– Pour ainsi dire personne.

Miguel avise d'un regard furtif les individus susceptibles d'entendre notre conversation. Il reprend sans me regarder :

– Mais je vais toutes les semaines à Huesca.

– Alors n'hésitez pas à parler de la maison. Je la remettrai sur pied s'il le faut.

– Vous ne comptiez pas la vendre dans cet état, tout de même !

Je règle ma consommation.

Dans le plus grand silence, les hommes suivent mes pas sur les carreaux sales du café.

La porte du premier étage est entrouverte. Je perçois le bruit sourd des allées et venues de Maria Pilar.

Je m'immobilise devant les marches, les compte machinalement et pose enfin ma main sur la rambarde. Une marche, puis deux. Je me représente avec appréhension les lettres de Lasagual, éparpillées au sol. Son ombre là-haut, son ombre dans la chambre. Dix-sept marches. J'entre.

J'attends qu'elle m'assigne une tâche, au lieu de quoi ma tante m'abandonne au spectacle de ses mains affairées. Je reste sur le seuil de la porte, les bras ballants.

Enfin, j'avance et me penche au-dessus des lettres. Je ne reconnais bien évidemment aucune écriture. Juste ce nom qui revient sur chaque enveloppe, de tas en tas, Goyo Lasagual, Goyo Lasagual, et soudain ce papier jauni, cette calligraphie enfantine – la mienne. Je saisis l'enveloppe et la glisse dans ma poche. Je m'agenouille un peu plus loin, m'efforçant d'étouffer le trouble que m'inspire cette découverte. Là, je m'emploie à replacer les livres dispersés à terre sur les étagères de la bibliothèque, les plus grands formats à gauche, les plus petits à droite, jusqu'à ce que mes deux murets inégaux se rejoignent. J'en ignore systématiquement le dos, comme tout ce qui pourrait ici me conduire à lui.

Silence absolu. Maria Pilar contemple les lettres qu'elle a soigneusement classées. Mes mains reprennent leur activité improvisée. Mes gestes se font plus précis, froids, mécaniques.

J'observe à mon tour cet alignement de livres supposé pallier le vide, et le sens du vide.

– Les lettres sont à votre disposition, annonce-t-elle.

– Je ne les lirai pas.

– Je vous demande pardon ?

– Vous avez bien entendu.

Ma tante a invoqué la fatigue et s'est dirigée vers l'hôtel à pas lents, non sans m'avoir demandé une dernière fois si je tenais vraiment à dormir dans la maison.

– Que voulez-vous qu'il m'arrive ?

Je reste seul sous la véranda à boire l'absinthe que Miguel a bien voulu lui céder.

Une brume de chaleur stagne à quelques mètres de la terre. Au loin, le tracé ciselé de la montagne.

Le village sommeille. Seule la lumière crue d'un néon tremblote sous l'enseigne de l'épicerie. Une éolienne immobile s'élève non loin de là, dissimulant en partie le cimetière.

Il me semble que je pourrais crier, la montagne ne me renverrait aucun écho. La terre paraît tenue au silence, aplanie par la poigne du ciel, endolorie par cet air cotonneux que l'on souhaiterait chasser pour trouver enfin un souffle.

Je retourne dans la maison. Il me faut trouver des draps pour passer la nuit. Enhardi par l'ivresse, j'entre dans la chambre de Lasagual. Je ne m'attarde pas sur la vue du lit et m'empare de quelques couvertures amassées dans un placard.

Craignant de me réveiller en pleine nuit avec l'envie de pisser, je me force et comprime ma vessie. L'urine vient par à-coups.

Je me déshabille et m'écroule sur le canapé.

La pénombre. Écrasante. Le sommeil qui ne vient pas. J'implore le vide. En vain.

Seul.

*2 juillet 1981.*

*Je me suis garé au bord du précipice. Maria Pilar est restée dans la voiture.*

*La lumière m'aveuglait. Immobile devant le gouffre, j'ai porté une main en visière. Des femmes vannaient le grain, non loin de la route, dans une sorte de ronde lente qui se déployait vers le ciel. Les volants des moulins tournaient à la même cadence tranquille.*

*J'ai eu l'impression d'être monté dans un manège infernal. Une attraction supposée m'offrir une torture consentie. Me voilà sanglé, ai-je pensé. Tout autant grisé que terrorisé. La machine ne tardera pas à se mettre en route et cette sorte d'engrenage ne connaît pas de marche arrière.*

*J'ai frappé. Personne ne répondait. Alors, nous sommes entrés et avons traversé le salon sans bruit. À notre droite, la chambre. Je me suis penché. Lasagual était encore couché. Il s'est redressé et s'est levé avec difficulté, le teint jaune. Une barbe naissante grisait ses joues. Il a pris Maria Pilar dans ses bras, sans me regarder. Puis, il s'est tourné vers moi et a fait de même. J'étais glacé, contraint de considérer cette étreinte comme la familiarité la plus attendue – quand elle me venait d'un inconnu.*

*Quelques paroles de circonstance. J'ai laissé Maria Pilar relancer une conversation dont je me sentais provisoirement exclu. Puis, elle a prétexté la fatigue. Lasagual l'a suivie des yeux, en soupirant.*

*– Elle fuit, a-t-il persiflé.*

*Il m'a accompagné au salon.*

*Les mots se sont avérés capricieux. Puis la nacelle a entamé sa dégringolade, enchaînant ses tourbillons sans se soucier de mon avis.*

*– Quel âge as-tu ?*

*– Vingt-cinq ans.*

*– Comment va ta mère ?*

*– Bien, elle va bien.*

*– Tu as un frère, n'est-ce pas ?*

*– Oui, Josué. Il a quinze ans.*

*Il semblait méditer, revenu à ce monde qu'il a abandonné depuis si longtemps.*

*– Tu te souviens de cette lettre que tu m'as envoyée ? a-t-il demandé.*

*– Non.*

*J'ai baissé les yeux. Je le sentais jaugeant ma mauvaise volonté.*

*– Moi, je l'ai gardée. Je la relis souvent.*

*– Depuis quand habitez-vous ici ?*

*– Une dizaine d'années. Je suis revenu après... la tempête.*

*Et c'est là que j'ai deviné, comment dire, une sorte d'amertume dans sa voix. Celle d'être passé à côté de l'Histoire, sans doute.*

*– Je me suis occupé tant bien que mal. Et puis, j'ai rendu quelques services... Mais les gens d'ici ne sont pas très reconnaissants.*

*À l'évidence, Lasagual n'a pas trouvé à s'intégrer à son retour. J'ai senti cet âpre reproche (qu'il s'est probablement fait maintes fois) : celui de n'avoir pas été du bon côté (de la frontière ?), de n'avoir même été d'aucun côté du tout pendant la guerre.*

*Très vite, Lasagual s'est repris, affichant des allures de bandit héroïque – il prétend avoir participé (*participer, *voilà qui lui manquait) à la contrebande des liqueurs.*

*– La contrebande des pauvres, en somme, ai-je fait remarquer avec ironie.*

*C'est ainsi, a-t-il déclaré, qu'il a gagné sa vie ici, qu'il s'est même enrichi, attisant la convoitise et la jalousie des habitants. Au vu des hardes qu'il porte, de la sobriété quasi vétuste de la maison, je n'en crois rien.*

*Lasagual n'a pas perdu ses bonnes habitudes. Quel que soit son état, il boit tous les soirs un verre d'absinthe savamment distillé par Miguel. Il s'en est targué auprès de moi à la façon de ces désabusés qui font mine de tirer quelque fierté de leur déchéance.*

*Lasagual m'a mené jusqu'à l'heure du déjeuner, d'anecdotes insignifiantes en faits peu crédibles, croyant réinventer son morne destin, croyant m'impressionner et comprenant l'instant d'après combien son petit rafistolage n'en paraissait que plus dérisoire.*

*– Je vous attendrai en fin de journée, a-t-il affirmé pour me congédier. Ou ce soir, peut-être....*

*Fier d'avoir accompli son devoir, c'est-à-dire de m'avoir parlé plus de cinq minutes, il s'est tenu les reins dans une grimace exagérée. Je n'ai pas insisté. Je l'ai laissé aller se reposer. Lasagual ne survivra pas longtemps. Il lui faut demeurer allongé une bonne partie de la journée, surtout par cette chaleur.*

*J'avais hâte de fuir à mon tour. J'eusse souhaité un peu de son attention, un tant soit peu de curiosité, de temps. Mais rien. Il ne me restait donc plus qu'à entamer un nouveau cahier de doléances.*

*Je l'ai regardé s'éloigner, fourbu de fatigue à l'issue de ce monologue durant lequel il avait cru revivre. Il m'a fait penser à un vieux pantin emmêlé dans ses ficelles trop faciles, un clown sur le retour, indifférent au spectacle de sa misère.*

*Sait-il seulement qu'il ne fait plus illusion ? Oui, sans doute. Il est des comédies que l'on joue avec la conscience très claire de ne duper personne.*

*La ruine est là, tellement là, elle parle pour lui et lui fait une seconde peau qui ne saurait se dérober au regard. Voilà. C'est ainsi que j'ai fait la connaissance de mon père.*

Un bruit sourd me réveille. Je fixe le plafond. L'oiseau de nuit erre sans doute dans la pièce du haut.

Je me tourne sur le côté, puis me redresse. J'allume la lampe près du canapé. Elle éclaire fort mal.

Le jeune gitan est assis non loin de moi.

– Ils disent que tu veux vendre la maison.

– Qu'est-ce que tu fous ici ?

– Je te regardais.

– Tu parles français ?

– Goyo m'a appris.

Je reste ahuri, la tête lourde. Il ébauche un sourire. Sa présence ne semble pas lui inspirer le moindre embarras.

– Marco, tu n'as rien à faire ici.

– Tu connais mon prénom ?

Je hausse le ton :

– Tu n'es pas chez toi !

– Toi non plus.

Je me lève et viens à lui. Il se recroqueville dans le siège et protège son visage derrière son avant-bras.

– Je ne vais pas te frapper. Je veux juste que tu t'en ailles.

– Tu es ivre et tu pues, vocifère-t-il.

Son incisive gauche est couverte d'une couronne en or.

– Je t'ai observé pendant que tu écrivais.

Je me rassois, découragé.

– Tu es fait pareil, constate-t-il.

– Tu parles de Lasagual, j'imagine.

– Ouais. Ton père. Il avait le même corps. En plus vieux.

– Qu'est-ce que vous foutiez tous les deux ?

Il rit de mon air soupçonneux.

– Je le regardais dormir. Je m'assoupissais dans le fauteuil à côté de son lit. J'étais bien mieux que chez moi, dans la caravane.

Il s'interrompt et fixe la porte d'entrée.

– Tu as entendu ?

– Entendre quoi ?

Il se lève et fait quelques pas.

– Ce sont eux. Ils rôdent autour de la maison.

– Fous le camp, Marco.

– Tu dois te méfier d'eux.

– Fous le camp !

Il me lance un regard dépité et sort de la maison.

Je me penche par la fenêtre.

La rue est vide.

*Ya se van los pastores*
*A Extremadura*
*Ya se queda la sierra*
*Triste y oscura...*

Je sors de mon sommeil, trempé. Un chant s'élève dans la rue. Je me lève et aperçois un groupe d'enfants en rang par deux près de l'église.

Le village a repris vie. Des femmes s'affairent. La porte du café est entrouverte. On a sorti une table. Trois vieux jouent aux cartes.

Je sursaute. Maria Pilar se tient derrière moi.

– Vous ne m'avez pas entendue descendre ?

– Non. Mais je commence à croire qu'il est de coutume ici d'entrer sans frapper.

– Je vous ai préparé un café.

– Marco est entré dans la maison cette nuit. Il m'a espionné dans mon sommeil.

– Je crois que ce gosse voyait souvent Goyo.

Je bois une gorgée. Sans envie.

– Je suis allée voir Miguel, ce matin.

Maria Pilar porte une robe de lin marron. Mes yeux s'attardent sur l'ample décolleté. Je souris à l'idée qu'elle ait passé le seuil du café dans cette tenue.

– Il m'a parlé de la verrerie. Nous trouverons sans doute des ouvriers pour refaire le toit.

– Où se trouve cette verrerie ?

– À deux kilomètres au sud du village.

Un silence, scandé par le chant des enfants.

– Que signifie cette comptine ?

– Les bergers s'en retournent vers l'Estrémadure... Il reste dans la montagne quelque chose de triste et d'obscur...

Elle ébauche un geste vague de la main.

– Enfin, quelque chose comme ça. Je présume que vous n'avez pas pris la peine de parler de votre père avec Marco...

– Deux heures du matin, c'est une heure un peu tardive pour se faire du mal.

Elle sourit.

– Et pour vous, comment s'est passée la nuit ?

– Rien à dire.

– Un peu fort, votre café. Si je peux me permettre...

Je repousse la tasse.

– Je souhaiterais jeter un coup d'œil dans la pièce du haut avant d'aller à la verrerie, dis-je.

Elle paraît embarrassée.

Je me lève et monte au premier étage. J'ouvre la porte et fouille la pièce des yeux.

Rien, plus rien que des vêtements calcinés.

J'entre.

Les lettres ont disparu.

Marco proteste :

– Ce n'est pas moi.

Il sort un bout de tissu de sa poche et se mouche sans manière.

– As-tu fouillé là-haut ? Une fois au moins ?

– Pourquoi fouiller ? Ses lettres, il me les faisait lire. Je les ai toutes lues. Je ne les ai pas volées.

– Laissez-le, maintenant, murmure ma tante.

Je suggère que nous nous rendions à la verrerie. Marco souhaite nous accompagner. Je refuse.

Nous empruntons la rue principale pour rejoindre la place de l'église où la voiture est garée. De gauche et de droite, des habitants nous dévisagent. Je comprends à leur regard que Marco nous suit. Je lui fais signe de déguerpir mais j'interromps brusquement mon geste. Marco n'est pas responsable du vol des lettres. J'en étais convaincu avant même d'aller le trouver.

Je le regarde s'éloigner.

Le paysage file, émaillé de quelques oliviers. Au loin, des vignes courent à flanc de coteau. La terre revient peu à peu à plus de sécheresse.

Nous n'avons trouvé aucun ouvrier qui accepte de travailler pour nous. La plupart nous ont ignorés avec arrogance. J'ai reconnu parmi eux plusieurs hommes du village.

– Combien de temps allons-nous rester ici ? demande Maria Pilar.

– Je peux vous accompagner à la frontière, si vous le souhaitez.

– Non, je reste avec vous.

– Je ne sais quelle force me retient ici.

– Pourquoi ne voulez-vous rien savoir, Rafael ?

– Parce qu'il n'existe pas.

Je m'interromps.

– Un jour, j'ai décrété qu'il n'existait pas. On pouvait bien me poser des questions à son propos, j'avais appris à me défiler. Je glissais avec une dextérité peu commune. Je faisais illusion. Jusqu'au moment où les regards se sont avérés plus inquisiteurs. On ne survit pas sans passé très longtemps ; les gens ont besoin de vous mesurer à ceux qui vous ont précédé. Vous devez répondre aux questions, sous peine d'être enfermé dans la réponse trop facile que votre silence aura inspirée. Alors voilà, il est devenu une sorte de fantôme dont je faisais ce que je voulais. Je lui ai attribué des vies tantôt exemplaires, tantôt minables. Le pire, c'est qu'on y prend goût. J'ai adoré tricher. J'ai triché pour survivre. Puis, j'en ai vécu.

Ma voix perd de son aplomb.

– Ma mère me voyait mentir effrontément. Je me donnais d'autant plus en spectacle que j'en constatais les effets sur elle... Elle fut patiente, m'engageant à parler, toujours parler, sans jamais rien obtenir de moi. Je n'y peux rien, je ne partage pas ce culte de la parole. J'ai grandi dans le silence, avec l'idée qu'il était impossible que je plie. Et puis, de toute façon, essayez-vous à la parole... Vous n'en serez pas moins perdant. Un perdant inchangé. Pardonnez-moi, je ne sais pas pourquoi je vous raconte tout ça.

– Précisément parce que vous n'en avez que trop rarement parlé... Alors pour vous, il n'y a qu'une alternative ? Le silence ou l'affabulation ?

– En quelque sorte. On se fabrique un bâillon, on serre très fort. Et puis, impossible de défaire le nœud. Alors on hurle à travers le tissu. On s'épuise. Et on finit tôt ou tard par revenir au silence.

*Bien incapable de dire ce que tu es, tu te vois contraint d'être ce que tu dis. Infinie trahison. Tu es alors tenté de retourner au silence.*

*Tu vis de cet incessant va-et-vient. De l'extension à l'effacement. De l'effacement à l'extension. Sans jamais trouver l'apaisement.*

– Que se passe-t-il ?

– Elle s'est évanouie. Va me chercher un linge humide.

Marco court en direction de la maison. Je tâte le visage blafard de ma tante. Elle reprend peu à peu ses esprits.

– Pardonnez-moi, murmure-t-elle.

– Attendez un moment avant de vous relever.

Je passe une main derrière sa nuque. Elle reste immobile, comme craignant de se découvrir un membre foulé.

– Pourquoi sont-ils tous là ? demande-t-elle.

Je me ressaisis et observe les habitants attroupés autour de nous. Je leur adresse un geste hostile.

– Allez, écartez-vous !

Marco se fraie un chemin. Les chuchotements redoublent. Il s'agenouille et humecte le front de Maria Pilar.

– Nous allons vous raccompagner à votre chambre.

Un mouvement de foule, puis un éclat de voix. Marco reçoit une pierre sur le crâne. Il pousse un cri.

– Qui a fait ça ?

Ils ne semblent pas m'entendre.

– Qui a fait ça, bon Dieu !

Les hommes s'en retournent déjà en direction du café. Les femmes restent non loin de là à commenter le bref incident.

Je me penche vers Marco.

– Ça va, devance-t-il.

– Pensez à verrouiller la porte cette nuit, conseille Maria Pilar. J'ignore ce qu'ils pourraient bien inventer.

Et moi ? Sait-elle seulement ce que je suis capable d'inventer ?

*3 juillet 1981.*

*Ce matin, Lasagual s'était rasé. J'ignore si c'est un honneur qu'il m'a fait. J'ai soutenu son bras pour l'aider à se lever.*

*– Où as-tu dormi ?*

*– À l'hôtel.*

*– Je vous ai attendus hier soir...*

*– Le voyage nous a fatigués, voilà tout.*

*Il a tâté ses joues dans une moue de mécontentement.*

*– Vous vous êtes rasé tout seul ?*

*– Il a bien fallu. Elle n'est pas venue depuis plus d'un mois. Tiens-moi ça.*

*Il m'a tendu sa canne et a boutonné sa chemise.*

*– De qui parlez-vous ?*

*– Dolorès. Une Catalane qui s'occupe de moi quand elle a le temps... mais il se trouve qu'on a de moins en moins de temps quand il s'agit d'affronter la merde et la sueur.*

*– C'est donc son absence qui vous rend acariâtre ! J'ai craint un moment qu'il ne s'agisse d'une question de tempérament...*

*– Tu ne vas pas t'y mettre toi aussi ! Veux-tu m'enfiler mes sandales...*

*Je me suis agenouillé. Je ne savais que faire des longs rubans rattachés aux souliers.*

*– Tu les entoures autour de la jambe, a-t-il expliqué. Elles viennent de Barcelone.*

*Que cherchait-il à me prouver ? Que l'habit fait le moine ? Que le pittoresque fait de lui un parfait Espagnol ? Moi, je n'oublie pas l'émigré.*

*Je me suis montré conciliant :*

*– Peut-être votre Dolorès a-t-elle une famille. Des occupations...*

*– Elle s'est surtout lassée d'un homme dont les journées s'éternisent.*

*J'ai levé les yeux vers lui tout en nouant le premier ruban.*

*– Eh oui, mon petit, parce qu'ici le temps ne passe pas. Encore moins pour un malade. Ah, que sais-tu de la vieillesse et de l'impotence, toi ? Cette éternité laborieuse. Rien à raconter de plus que tous ne sachent déjà. Ressasser les mêmes histoires. Rébarbatif. Voilà ce qu'ils te renvoient à la gueule, tous. Voilà ce que tu contemples inlassablement, ce néant qu'il te faut creuser à bout de bras pour te rendre le supplice plus supportable. Les regards que tu écartes avec mauvaise foi parce que tu n'en peux plus de cette bienveillance pleine de pitié, ces dérobades grossières, « Tu pars déjà ? Mais c'est que je dois coudre quelques robes pour gagner ma vie... ». Que puis-je leur reprocher ? Ils ont mieux à faire. Et moi, rien. La mort ne m'a jamais paru aussi lointaine que ces dernières années.*

*J'ai noué le deuxième ruban et suis revenu à sa hauteur.*

*– Aide-moi à marcher.*

*Nous sommes sortis sur la véranda. Lasagual a pris quelques minutes pour s'installer sur le banc puis il s'est immobilisé, fixant la plaine.*

*– À quoi pensez-vous ?*

*Il a eu un geste vague.*

*– Ta tante. Qu'est-ce qu'elle fout ta tante ? Toujours à me fuir et à geindre parce que tout va mal entre nous. Attend-elle de me voir crever pour se rendre aimable ?*

*– Je ne vous imaginais pas aussi emmerdant.*

*Il a fait un effort pour tourner son buste dans ma direction.*

*– C'est bien que tu sois là, tu sais. Ça me change.*

*– Épargnez-moi vos effusions empoisonnées. Je ne suis pas là pour tromper votre ennui.*

*– Et ta mère ?*

*– Je vous ai déjà dit qu'elle se portait bien.*

*– Vous ne manquez de rien, au moins ?*

*– Si nous avions manqué de quoi que ce soit, vous seriez déjà dans la confidence.*

*– Tu sais, je lui verse de l'argent pour t'élever...*

*J'ai commencé à déambuler sous ses yeux.*

*– Vous n'avez pas honte ? Pour commencer, vous m'annoncez avec détachement que ma petite gueule vous change les idées. Pour finir, vous vous acquittez en évoquant une pension de rien...*

*Il a émis un grognement. Telle est la franchise de mon père. Le grognement rapide et furtif. Il faut savoir se contenter de peu.*

*– Elle ne viendra plus, a-t-il soupiré.*

*– Dolorès ?*

*– Oui. Dolorès.*

*J'ai vite perdu patience.*

*– À peine débarqué, vous me chassez déjà. Vous me chassez de votre esprit comme vous m'avez chassé de votre vie.*

*– Tu es bien solennel, mon petit ! Sa compagnie m'est agréable, vois-tu. À mon âge, c'est un privilège !*

*La peur panique d'être seul. Abandonné. Dans un effort d'abnégation (qui tenait plus du feu de paille que de la compassion), j'ai tenté de me représenter cette solitude, cet abandon.*

*– Il arrive que je me retrouve des heures à ne rien foutre dans cette maison. Je ne peux même plus tourner en rond avec mes guiboles.*

*– Alors pourquoi n'êtes-vous pas parti d'ici ?*

*– Parce qu'elle était là ! s'est-il agité. À quelques kilomètres seulement.*

*– Mais qui est cette femme ?*

*Il a fermé les yeux, puis a entamé son récit d'une voix pleine d'allant.*

*– Je l'ai croisée pour la première fois dans le train qui traverse la frontière. D'ordinaire, les cheminots me faisaient partager leur cabine. J'y cachais mes alcools. Les bougres comptaient sur moi pour entamer une bouteille avec eux. Moi, je comptais sur leur silence. Ce jour-là, le train était quasiment vide. Je suis allé prendre place dans un compartiment. C'est là que je l'ai aperçue. Un peu hautaine. Elle et moi nous sommes épiés tout le long du trajet, sachant bien qu'il n'arriverait rien... Elle est descendue avant moi. Eh bien, vois-tu, j'ai vécu plusieurs mois porté par ce visage. Pour tout te dire, c'était la première fois que je parvenais réellement à effacer le souvenir de ta mère, à regarder une autre femme.*

*Il m'a fixé, comme si cette brève allusion devait venir justifier son récit.*

*– J'étais convaincu que je la croiserais de nouveau. Il m'arrivait de la chercher dans le train. Plus tard, je m'y attelai avec d'autant plus d'acharnement que le souvenir de son visage me quittait peu à peu. Je revoyais sa belle allure, sa chevelure noire, mais il y avait ce vide à l'endroit du visage... À certains moments de la nuit, il me revenait brusquement pour de nouveau disparaître. C'était une lucarne rêvée. Mais comme le hasard finit toujours par donner raison à nos désirs (du moins, j'aime à le croire), je l'ai croisée un beau jour devant les halles de Huesca. Elle y a vu le même signe que moi. Alors nous nous sommes parlé, maladroitement, mais qu'importe. Pourquoi lui ai-je adressé la parole... Comme le joueur s'enorgueillit de ses gains et commet l'imprudence de les remettre sur le tapis, je décidai de miser sur mes rêves... Je fus tout d'abord accablé par l'extrême banalité de cette rencontre : Dolorès était mariée. Je revins fréquemment à Huesca, prétextant je ne sais quoi. Elle se déroba de nombreuses fois, puis se donna un soir avec la même assurance (je lui avais fait boire de mes liqueurs). Son mari était souvent sur les routes. Elle eut à subir de nombreuses scènes de ma part qu'elle esquivait toujours de la même façon. C'était ainsi, arguait-elle, je devrais me contenter d'une simple série d'épisodes, reliés entre eux par une corde lâche que jamais rien ne viendrait tendre. Je fis trois ans le funambule fou, la visitant fréquemment, sans savoir ce qu'il adviendrait chaque fois de nos rendez-vous. L'orgueil sagement bâillonné dans ma poche (on sait être raisonnable et perfide quand on veut), je m'en retournais résigné lorsqu'il n'arrivait*

*rien. D'autres fois, Dolorès se décidait à un premier geste et nous passions de longs moments enlacés. Il fallait toujours qu'elle soit un peu ivre pour se décider à m'approcher. Mais ses baisers ne duraient jamais. Ils avaient la force d'une lubie qui s'estompe sitôt qu'elle est apparue. Et jamais je n'avais droit à son corps. Elle prétendait ne pas savoir elle-même si elle serait prête un jour à se donner entièrement. Ce jour vint finalement. Ce fut une période où je crus bien la posséder. Il y eut entre nous une indécence que je ne retrouverai plus jamais. Puis elle se retrancha progressivement et refusa de me revoir.*

*Il semblait en avoir fini. Je me trompais. Goyo Lasagual n'en a jamais fini. C'est une règle à prendre en compte : jamais fini de se regarder avec complaisance.*

*– Depuis le début de ma maladie, Dolorès s'est ravisée. Une sorte de reconnaissance étrange. Mais elle me manque. Du moins, celle qu'elle était et que je ne retrouverai plus... Tu vois, rien que de très convenu, du début jusqu'à la fin.*

*Il a marqué un silence.*

*– Chaque fois que j'ai voulu donner à mon existence un tour singulier, je me suis fourvoyé dans des épisodes fabriqués de toutes pièces. C'est à l'extrême banalité que j'ai pu perdre la tête. Nous sommes faits pour la médiocrité qui a si mauvaise réputation.*

*Il a contemplé un moment la brume de chaleur qui nappait la plaine, semblant fixer un point invisible.*

*– Voilà ce qui est arrivé en toute une vie. Il se passe peu de choses tout au long d'une vie, n'est-ce pas ?*

*Silence.*

*Que voulait-il que j'ajoute à sa très grande sagesse ? Qu'elle eût dû me parvenir quelques années plus tôt ?*

*– Vous avez sûrement fait une erreur, ai-je dit enfin. Vous auriez dû comprendre que cette femme vous échappait parce qu'il s'agissait d'un malentendu. Vous l'avez inventée. On parvient très bien à entretenir un malentendu. Mais ça ne fait pas une histoire.*

*Lasagual m'a regardé avec étonnement.*

*– Une erreur ? Pourquoi ? Aurais-je vécu cela dans les bras d'une autre ? Non.*

*– J'ose croire que vous ne l'avez pas trouvée, cette autre. Voilà tout. Laissez-moi mes dernières illusions.*

*– Mais toi, tu es jeune. Tu peux me dire maintenant ce que tu penses de moi.*

*– Que voulez-vous que je pense d'un étranger ?*

*La réplique ne s'est pas fait attendre. Elle était là, tapie et patiente, prête à mordre quand viendrait son heure.*

*J'avais le souffle rapide, le souffle d'un enfant qui ravale ses sanglots avec rage.*

*– À quoi joues-tu, Rafael ? Que dissimules-tu ? Tu peux me parler franchement.*

*Comment aurais-je pu me prendre à son jeu ? Et comment ne pas buter contre ces effusions dont il m'abreuvait, pensant peut-être que je trouverais à m'en contenter ? Je ne joue pas. Dissimuler quoi ? Mais ne le voyez-vous pas ce trou immense, cette vilaine gueule qui oblige à toutes les grimaces pour vous la rendre plus agréable ? Ne la voyez-vous pas ramper misérablement en essayant de vous faire croire que c'est là sa façon de danser ?*

*Lasagual m'a fait tel qu'il est. C'est dit. Je suis né du manque, lequel a creusé en moi son bras mort. J'en dégringole le cours sec, aride, que la vitesse ne rend que plus brûlant.*

*~~Je suis le fils de mon père.~~*

*– Je vous laisse. À ce soir, Goyo.*

*Il est resté silencieux, un peu embarrassé, quoique je ne puisse savoir avec certitude s'il regrettait sa confidence ou s'il était, au contraire, tout entier reclus dans la nostalgie qu'elle lui inspirait.*

Je dissimule le carnet et sors de la maison.
– Où vas-tu ? demande Marco.
– Une lettre à poster.
– C'est à Miguel que tu dois donner le courrier.
Je le remercie d'un signe de la tête.
– Et après, tu reviens ? demande-t-il.
– Tu ne me lâches plus ?
Il me lance un rire franc.
– Non, je ne te lâche plus.
– Dans ce cas, viens avec moi au café.
Il part en sens inverse. Je le rattrape.
– Parle. Pourquoi ne m'accompagnes-tu pas ?
– Parce qu'ils ne me laisseront pas entrer.
– Qu'en sais-tu ?
J'examine son crâne.
– Tu as du sang dans les cheveux. Passe-toi de l'eau.
D'une main, il touche la plaie et grimace.
– Je te ferai un pansement, si tu veux.
– Tu es médecin ?
– Ma mère. Je l'ai vue faire.
– Ta tante a raison. Tu dois être prudent. Tu vois bien qu'ils t'en veulent. Plus encore qu'à moi.
– M'en vouloir à moi ?

– À toi ou à ton père, c'est la même chose.
Il me toise.
– À qui as-tu écrit ? À ta mère ?
– Comme tu dis : à ma mère.
– Elle sait que Goyo est mort ?
– Non.
Marco fronce les sourcils.
– Tu ne lui as pas appris la nouvelle ?
Je marque un temps avant de répondre.
– Non.
– Pourquoi non ?

Le prêtre m'a conseillé de quitter le village.

Je lui ai opposé un refus catégorique.

– Qu'attendez-vous de votre séjour ici ? s'est-il étonné.

J'ai détaillé son visage avant de me risquer à répondre – les traits émaciés sous une peau couperosée, le contour des yeux large et obscur.

– Je resterai jusqu'au bout.

– Jusqu'au bout de quoi ? a-t-il insisté d'une voix posée. Emmenez au moins votre tante à la frontière.

– Elle refuse de partir seule.

Le prêtre a soupiré, démuni.

– Au fond, c'est bien naturel. Vous cherchez à en savoir plus sur votre père.

– Détrompez-vous.

Il a fait mine de ne pas relever.

– Étrange saison... Peut-être savez-vous que la verrerie va très certainement fermer. Il plane sur le village une menace que vous ne soupçonnez pas et qui exacerbe les humeurs. Les habitants devront partir. Le village se dépeuplera. Il mourra comme tant d'autres dans la région.

– Je souhaiterais vendre la maison. Mais j'imagine que c'est peine perdue si les hommes commencent à émigrer...

Il a repris la parole au terme d'un long silence :

– Souvenez-vous de cet incendie. Le commissaire viendra tôt ou tard mettre son nez là-dedans.

Sa tête baissée. Et puis ce regard qui s'élève vers moi, soulignant ses cernes.

– Sans compter cette amitié soudaine qui vous lie à Marco... On croirait voir votre père.

– L'atavisme est bien sournois, ai-je ironisé.

Le prêtre m'a coupé net :

– Oui, l'atavisme. Et la mémoire, Rafael. La mémoire dont on ne se méfie jamais assez.

Il doit être vingt-deux heures. La rue principale est déserte.

J'observe la grisaille scintillante du cimetière. Les tombes jouxtent maintenant les murets qui en délimitent l'espace. Lasagual a été enterré dans l'une des dernières parcelles de terre disponibles. Il faudra très bientôt abattre un muret pour loger de nouveaux morts. Personne au village ne s'en préoccupe. Sans doute ressasse-t-on la victoire silencieuse de mon père – l'émigré qui s'est octroyé son trou quand personne ne semble plus y avoir droit.

De retour à la maison, je trouve Marco, assis devant le canapé. Je me penche au-dessus de lui.

– Tu n'as rien désinfecté du tout...

– Il y a de l'alcool dans la chambre.

Devant mon impassibilité, il va lui-même en chercher. Il me tend du coton, ainsi qu'une compresse encore enveloppée dans sa pochette gondolée. Je désinfecte soigneusement la plaie.

Puis, je sors sur la véranda fumer un peu d'herbe. Une silhouette corpulente se dirige vers la maison.

– Qu'est-ce qui vous amène, Miguel ?

Le patron du café me salue et s'accoude à la balustrade.

– Vous fermez tard.

– Bah..., lance-t-il, indifférent. Et cette maison ?

– Vous voyez. Je l'habite comme je peux.

– Elle n'a jamais été entretenue.

Il prononce ces mots comme si Lasagual n'y avait jamais vécu, ou n'avait même jamais existé.

– Vous êtes français, Miguel ?

– Né en France. Mais j'ai choisi mon pays.

– Miguel n'est pas votre vrai prénom, je suppose ?

– Non, effectivement.

– Vous allez m'aider à vendre cette maison, n'est-ce pas ?

– En quel honneur, mon petit ? De quoi vous serais-je redevable ?

– Vous avez bien connu Lasagual.

– De loin, de loin...

Il fronce les sourcils, les yeux rivés par-dessus mon épaule.

– ¿ Qué puta leche estás haciendo aquí ?

Marco vient de nous rejoindre. Sans un mot, le jeune garçon m'arrache le joint et tire de longues bouffées.

– Lui aussi a choisi son pays. Vous pouvez comprendre cela, n'est-ce pas ?

Miguel lâche un rire rocailleux qui le fait tousser.

– Celui-là ne s'est pas contenté d'un pays. Il a aussi choisi son camp.

Je tranche :

– Je choisirai le même.

Miguel hausse les épaules. Il s'éloigne, les mains croisées dans le dos, et disparaît non loin de la place.

– Combien de langues parles-tu ?

– Espagnol, français et kâlo, énumère-t-il lapidaire.

Marco me confie qu'il considère le français comme sa langue maternelle, quoique d'adoption. Lasagual le lui a enseigné de longues années durant.

– Où vivent tes parents ?

– La dernière fois que je les ai vus, c'était à Jaén.

– Pourquoi *la dernière fois* ?

– On m'a placé de force dans un centre à côté de Huesca. J'ai grandi avec des orphelins.

– Et pourquoi es-tu venu ici ?

– Je me suis échappé à l'âge de dix ans.

– Et la caravane ?

– Je l'ai volée. Plus tard.

Je reste silencieux, l'engageant à poursuivre.

– Une fois, les types du centre sont venus au village. Quelqu'un les avait prévenus que j'étais là. Ton père m'a caché dans la maison. Ils ne m'ont pas trouvé. Goyo a été voir le commissaire, et puis les hommes au café. Il les a traités de chiens galeux. Maintenant que Goyo est mort, le commissaire n'attend qu'un signe pour me mettre en taule.

– Pourquoi t'a-t-on dénoncé ?

– À ton avis ?

En silence, je me déshabille et me couche.

Marco vient se rasseoir devant le canapé.

Je suis le rythme de sa respiration. L'ombre de son crâne se découpe dans la demi-obscurité.

Je m'éveille quelques heures plus tard et constate son absence. J'entrouvre la porte de la chambre. Il dort à même le couvre-lit, la main posée sur sa plaie, comme pour esquiver un jet de pierre imaginaire.

Je m'assois sur le fauteuil, à l'endroit même où le jeune garçon a veillé Lasagual.

C'est toi son fils.

C'est toi qui l'as vu mourir.

Marco – mon ultime mémoire. Que ses traits d'adolescent s'arrangent mal du rôle singulier que je lui ai assigné, ce passé obscur, proscrit, dont il est dépositaire.

Marco – mon devoir accompli. En toi, je perpétue la lâcheté de Lasagual qui nous a fuis comme je le fuis dans ta présence muette, ta parole laissée sous scellés.

Je retourne au salon. La porte d'entrée est ouverte. Je scrute non sans mal la pièce plongée dans l'obscurité. Pas un bruit.

Je fais un pas vers l'interrupteur.

Un homme s'abat sur moi et me plaque au sol. Je tente de me débattre, il me maintient les bras noués derrière le dos. Je relève la tête. Un deuxième individu finit de fouiller les tiroirs. Je me cambre et m'efforce de faire basculer l'homme avec moi. Enfin, il lâche prise et m'envoie un coup de pied dans les reins. Il s'enfuit, suivi de près par son complice.

Je me relève lentement et me dirige vers la porte. Marco se tient au milieu du salon.

– Dis-moi, tu ne t'es pas précipité pour m'aider... Viens voir là.

Il s'approche.

– Qu'est-ce qui est écrit ?

Il découvre le papier qu'on a cloué sur la porte d'entrée.

– *Maldito estrangero*, murmure-t-il. *Sale étranger*.

*3 juillet 1981.*

*Marco nous a ouvert. Passé l'étonnement de ne pas voir son frère l'accueillir, Maria Pilar est entrée. Je l'ai suivie.*

*– J'ai fait des courses pour le dîner, a-t-elle annoncé.*

*– Volontaire, forcenée ! Elle lutterait contre vents et marées pour se rendre utile !*

*Maria Pilar s'est dirigée vers la cuisine, sourde aux sarcasmes de Lasagual, et a commencé à s'affairer. Il est apparu sans tarder sur le seuil de la porte.*

*– Alors tu t'es quand même décidée.*

*Il avançait péniblement.*

*– Tu t'es dit, voilà des années que je me dérobe, hier encore je me suis sauvée, laissant mon neveu seul avec lui, cette fois je dois prendre mon courage à deux mains et l'affronter...*

*– Je vois que tu n'as pas perdu ton talent pour les entrées en matière.*

*– Ni toi ton air plaintif.*

*Il l'a embrassée.*

*– Mais peut-être souhaitais-tu que Rafael et moi fassions plus ample connaissance. Quelle abnégation. J'admire.*

*Il a tourné les talons et s'est assis en face de Marco. Difficile d'être doux lorsqu'on se sent pris en faute.*

*– Alors, qu'as-tu prévu pour le dîner, chère sœur ?*

*– Des poivrons confits, comme tu les aimes.*

*– Comme tu les aimes. Ta tante est un être exquis, Rafael. Je ne comprends d'ailleurs pas qu'elle ne se soit jamais mariée. Tant de bienveillance, de dévouement...*

*– Taisez-vous maintenant, ai-je dit avec autorité.*

*– Ah, mais peut-être a-t-on omis de te préciser, chère sœur, que la maladie n'a guère arrangé mon caractère.*

*Marco a soupiré en signe de désapprobation. Je me suis tourné vers Lasagual, adoptant une voix méprisante :*

*– Vous savez que, de loin, on pourrait aisément conclure à de l'aigreur ?*

*– De loin ou de près, a-t-il lancé avec désintérêt. De loin ou de près, nous sommes les mêmes.*

*Il me faisait horreur. Ce trop-plein de certitude revenu de tout.*

*– De loin ou de près, nous sommes très différents, ai-je insisté.*

*Il s'est tenu aux accoudoirs du fauteuil et s'est tourné vers moi.*

*– Tu sais ce que l'on remarque en premier sur un visage, Rafael ? Ce qui frappe au premier abord ? Je vais te le dire. Ce que l'on remarque en premier, c'est ce qui est caché, ce que l'autre s'efforce de garder bien au fond, à l'abri du regard. De loin ou de près, nous sommes les mêmes. Toi aussi, mon petit, tu en as des choses à cacher.*

*– Que voulez-vous que j'aie à cacher ? Vous m'avez facilité la tâche en venant vous enterrer ici !*

*– Ah, tu es bien mon fils.*

*– À quoi vois-tu cela ? a lancé Maria Pilar de la cuisine.*

*– Il est trop franc.*

*– Il ne me semble pas que ce soit-là le plus glorieux des héritages.*

*– J'oubliais que tu tiens la franchise en horreur. Je croirais entendre ta mère ! Le silence des grandes familles ! Jamais un mot plus haut que l'autre. Cette mollesse arrangeante ! Et les gémissements sitôt que la conversation vient à déraper... Souviens-t'en, Rafael : le silence est la clef de tout. Chez les Lasagual, on ne juge pas. On n'émet pas l'once d'une opinion. On préserve cette chape de plomb qui pourrit tout sournoisement. On ronge son poing jusqu'à ce que l'outre éclate et que chacun aille grogner aux quatre coins du monde. Moi, j'ai toujours préféré gueuler en cours de route... Et après les poivrons ?*

*– Vous êtes infect.*

*Lasagual m'a observé avec indifférence.*

*– Vous êtes infect, n'est-ce pas ?*

*– Laissez, a soupiré Maria Pilar. C'est ainsi qu'il se sent obligé d'aimer. Par la démolition. Ceux qui n'ont pas le courage de se battre ne méritent, selon lui, que son mépris. Vivre dans la rixe systématique. Écraser la tête du voisin dans le miroir sous prétexte qu'il ne s'y regarde pas assez souvent... Si seulement Goyo n'était qu'un redresseur de torts. Mais non, il préfère viser les cordes sensibles...*

*– Tu avoueras qu'on a joué sur les miennes un sacré bout de temps, a-t-il sifflé.*

*– Toi, tu le méritais.*

*Lasagual est resté les yeux au sol, hébété.*

*– Moi, je le méritais ?*

*– Toi, tu le méritais.*

*– Continue, tu m'intéresses.*

*– J'ai fini.*

*– C'est ainsi que tu vois les choses, toi ? Je le méritais ? Que me vaut cette confidence tardive ?*

*Marco s'est levé et nous a salués discrètement.*

*– Le pauvre gosse est gêné, a commenté Lasagual.*

*– Désolé de ne pas rentrer dans le cadre de vos bonnes œuvres, ai-je précisé, mais je vous avouerai que moi aussi...*

*Il n'a pas pris la peine de se justifier.*

*– Tu aurais pu épargner à ton fils la présence de ce Marco.*

*– Tout doux ! Quand notre chère mère nous emmenait en vacances chez l'autre agité, dont j'ai oublié le prénom, tout le monde s'entendait très bien.*

*– Tu sais bien que non ! a hurlé Maria Pilar. Je ne comprendrai jamais où tu vas chercher cette franchise indéfendable ! C'est bien la pire des facilités ! Tout dire, ne ménager rien ni personne, pas même ton fils dont tu ne t'es jamais occupé, préférant te refaire une peau auprès d'un laissé-pour-compte ! Tu ne t'attendais tout de même pas à ce que nous tombions ébahis ? On n'exhibe pas sa bonne conscience comme ça, surtout quand on l'achète à bas prix !*

*Il n'en fallait pas plus pour lancer Lasagual.*

*– Mais dis-moi, je ne te reconnais plus... Alors, on aime la guerre maintenant ? On prend plaisir à batailler ? Toi qui as toujours gardé le silence... Mais crois-tu que je ne me souvienne pas de ton silence ? Il a pesé quelques années...*

*– Tais-toi !*

*– Regretté silence avec lequel tu es née, pas un bémol pour venir casser cette mélodie lassante. Ah, la rage sourde de ma sœur ! Un peu retardataire, la sœur ! Combien de fois ai-je espéré que tu me dirais « non », pas grand-chose, combien de fois te l'ai-je souhaité tandis que tu t'entêtais, tandis que tu butais contre cette rage d'enfant dont tu n'as jamais su te séparer. Et tu voudrais frapper aujourd'hui ? Ah, tu me regardes de nouveau en levant les yeux, mais c'est insupportable de te voir lever les yeux comme ça !*

*– Tu es sans pitié.*

*– Je suis sans pitié mais ton impuissance m'insupporte. Qui n'aurait pas envie de l'éprouver encore et encore ? Et toi, comment as-tu pu t'arranger de cette tyrannie que je t'ai fait subir ? Comment as-tu pu me laisser le dernier mot ? Et tu me voudrais loyal après ça ? Quand je pense que tu as quitté mon camp du jour où tu as été en âge d'agencer deux ou trois pensées cohérentes et que tu n'as jamais eu le courage de me le dire en face. C'était si simple pourtant. Un mot de toi et tu m'aurais vu à terre. Mais non, tu as préféré adopter cette mine de misère, j'ose à peine prononcer les mots qui te viennent sans doute à l'esprit, toute cette souffrance entassée par paquets mal fermés, cette douleur exposée à la face du monde parce que c'était là ta seule défense, inspirer la pitié de tous, mon frère, quel ignoble frère, et je vois bien qu'il me suffit de te la rappeler pour qu'elle refasse surface, cette putain de douleur dans laquelle tu t'es vautrée, il me suffit de la rappeler à ton bon souvenir pour que ton regard se rembrunisse, pour que l'envie de geindre te terrasse, mais tu ne sais que geindre ! Une minute encore et je ne donne pas cher de tes yeux, tu courberas le dos,*

*comme toujours, tu plieras parce que c'est ainsi qu'on t'a appris à me traiter, me traiter avec déférence, la déférence la plus odieuse, céder à mes caprices, tous mes caprices, ne protester en aucun cas, respecter l'autorité de celui que chacun se devait de considérer comme un dieu. Souviens-t'en, ma petite sœur, tes parents, comme ils entretenaient cette adoration dans l'ombre de laquelle ils t'avaient flanquée, souviens-toi comme j'ai bouffé ta place, ne t'en ai laissé aucune, m'octroyant tout ce qu'il était imaginable de m'octroyer, la sympathie, l'admiration, les faveurs de tous, pendant que tu te taisais, pendant que tu restais murée dans ce silence de vaincue et t'abandonnais à la défaite avant même de t'être battue... Et aujourd'hui tu voudrais te battre ? Tu voudrais partir au combat alors que tu viens à mon chevet ?*

*Il s'est interrompu. Maria Pilar a dissimulé son visage, de côté tout d'abord, puis derrière la paume de ses mains.*

*– Tu m'as laissé te tuer, Maria Pilar. Tu es impardonnable. Ravale tes remontrances. Elles viennent trop tard.*

*Maria Pilar était déjà partie.*

*J'ai déambulé un instant dans la pièce, ulcéré, ne sachant trop par quelle insulte commencer.*

*– Tu te demandes ce qui est arrivé, n'est-ce pas ? Tu te demandes comment on peut aller si loin dans la rancune, dans la haine. Parce qu'elle me hait, tu sais. Et moi, je la méprise. C'est le fruit de l'amour.*

Je me vois dans l'impossibilité de poursuivre.

Je ne suis plus capable de brider mon imagination. J'observe ce carnet dont rien n'aurait pu laisser présager qu'il se révélerait aussi âpre. Je vois très nettement le visage de ma tante lorsqu'elle essuie la tirade de Lasagual. Je la vois ensuite se dirigeant vers l'hôtel. Abattue. Et il me semble que je la *regarde* pour la première fois.

Je sors dans la rue, mû par un pressentiment.

Arrivé à l'hôtel, je me penche vers le hall. Le standardiste s'est absenté. Les boîtes de conserve s'entrechoquent, pendues à leur piquet comme des trophées dérisoires.

Je frappe à la porte de Maria Pilar. Nulle réponse.

J'hésite puis frappe de nouveau. Il est minuit passé.

À tout hasard, je tourne la poignée. La porte s'ouvre.

Je distingue sa silhouette sous le drap. Une force insoupçonnée m'intime l'ordre d'avancer.

Elle a le visage tourné contre le mur. Je m'agenouille, traquant l'écho de sa respiration. Peu à peu, la courbe de ses épaules se précise dans l'obscurité. Elle a tiré le drap dans son sommeil, l'a froissé entre ses mains jointes contre son sein. Sa hanche brune dépasse.

J'observe les effets dispersés sur la table. Un livre que je feuillette vaguement. Puis une chemise de format moyen. Je l'ouvre. Des photographies. Un cliché en couleurs où figure un homme d'âge mûr. Puis des tirages en noir et blanc. La dernière : un jeune homme, seul dans le cadre. Lasagual. Je pose un regard furtif sur le lit et glisse la photographie dans ma poche.

Déchirement strident – le téléphone sonne. Une fois, puis deux, puis trois. Je reste figé, la pochette entre les mains. Les sonneries se succèdent. Maria Pilar ne réagit pas. Enfin, la sonnerie cesse.

Je reste ahuri, fixant le lit avec incompréhension. Je replace la pochette sur la table et, le ventre noué, me dirige vers le lit. Je tente d'allumer la lampe. Une peur soudaine me refuse l'interrupteur. Je fouille ma poche, en extrais une boîte d'allumettes. La flamme s'attarde au-dessus du corps de ma tante. J'incline la main. À terre, un tube de somnifères. Je l'ouvre et constate, soulagé, qu'il est pour ainsi dire plein. Ma tante respire calmement.

Je souffle l'allumette et sors de la chambre.

Dieu seul sait où conduit l'imagination.

– Je vous avais pourtant prévenu, Rafael. Vous ont-ils frappé ?

– Rien de grave. Ils ont fouillé le salon. Et notamment l'armoire où Lasagual rangeait ses dossiers. J'ai trouvé cette feuille placardée sur la porte.

Je lui tends le papier gondolé.

– Il faut vous débarrasser de cette maison.

Résolue à mon silence, Maria Pilar n'épilogue pas et observe le carnet que j'ai maladroitement dissimulé sous mon coude à son arrivée.

– Vous regrettez que les lettres aient disparu ? demande-t-elle. Moi, infiniment. Lorsqu'il est reparti s'installer en Espagne, Goyo m'écrivait toutes les semaines. Je lui répondais systématiquement. J'ai conservé chacune de ses lettres. J'ai cherché les miennes au premier étage. J'ai été surprise qu'il ne les ait pas jetées... Rafael, vous devez bien vous demander qui a fait ça et pourquoi ?

– Viens m'aider, Marco.

Je me munis d'un grand sac-poubelle et monte au premier étage. Je m'accroupis devant le tas de vêtements.

– N'oublie pas de faire les poches.

Nous fouillons le fatras de tissu brûlé.

– Tu veux vraiment les jeter ? demande-t-il.

– Parce que toi, tu comptais les conserver ? Prends-les si ça t'amuse, tu les rangeras avec les lettres.

Marco s'immobilise.

– Tu éviteras ce genre de plaisanterie devant le commissaire.

Je savoure mon effet mesquin.

Je remarque les photographies qu'il regroupe près de lui. Il m'observe, hésite.

– Tu veux les regarder ?

Il me les tend.

– Il n'est pas dessus, m'assure-t-il. C'est lui qui les a prises. Il était photographe.

Je prends le paquet. Il s'accroupit à côté de moi.

– Les Brigades internationales, commente-t-il. À Madrid. C'est là qu'était Miguel pendant la guerre.

Des jeunes gens, européens sans doute. Le sourire aux lèvres. Plus loin, des paysages urbains. Quadrillés par des hommes armés. Je fais défiler les clichés.

– Ça, c'est un enterrement en Andalousie après la guerre. La plupart des habitants se déplaçaient parce qu'il s'agissait de *caidos*.

– De quoi ?

– Les soldats morts pour la patrie. Enfin, celle du caudillo.

Une série de portraits.

– Ce sont des habitants du village ?

– Oui. Lorsqu'il est revenu en Espagne, Goyo ne savait pas comment gagner sa vie. Alors il a eu l'idée de proposer des photos d'identité contre quelques pesetas.

– Mais il y en a des dizaines ! Ma parole, c'est toute la mémoire du village qui est ici...

– En réalité, son petit commerce n'a jamais vraiment marché. Il faut dire que les gens étaient extrêmement pauvres.

Une femme assise devant le café de Miguel, des tickets de loterie à la main. Quelques acheteurs attroupés autour d'elle. Elle semble s'adresser au photographe avec véhémence.

– Mais je la reconnais, elle ! Elle n'arrêtait pas de me montrer du doigt quand nous sommes arrivés à la maison...

– C'est Mercedes. Une vieille militante républicaine. Elle a connu Goyo pendant la guerre. Elle s'est montrée assez malveillante à son arrivée.

J'esquive aussitôt :

– Et lui, qui est-ce ?

Un jeune homme à la chevelure gominée. Derrière lui, une voiture de luxe.

– Nacho, le père de José. La tête de Turc du commissaire.

– Pourquoi ça ?

– Il était un peu fou depuis la mort de sa femme. Il fallait les voir, lui et José, débarquant au café. José, silencieux, le regard éteint, riant lorsqu'il entendait rire, riant très fort... Sans comprendre. Dans le temps, il suivait son père partout, il l'écoutait religieusement et acquiesçait toujours avec le même enthousiasme. Une sorte de fierté dont il n'avait même pas conscience, à mon avis... Depuis la mort de Nacho, il s'est entiché de Pedro. Il ne le quitte plus.

– Et ton Nacho ?

– Nacho est arrivé au village peu de temps après la guerre. Il fuyait l'épuration. Il se disait poète. Il se vantait même d'avoir connu Miguel Hernandez à Madrid. Quand le commissaire a eu vent de l'histoire...

– Eh bien ?

– Le commissaire, on n'a jamais su de quel côté il était. C'était un ancien de la garde civile. Personne n'avait confiance en eux. Un jour, Nacho est arrivé en sanglotant au café. Il est tombé à genoux. Il avait tout inventé – Madrid, la poésie, Hernandez... Tout. Il s'était inventé une histoire du bon côté de la barrière. Mercedes était furieuse.

– C'est Lasagual qui t'a raconté tout ça...

– Oui. Goyo disait qu'il avait toujours su. Pour ces balivernes. Il ajoutait que Nacho était un pauvre type qu'il fallait plaindre avant de montrer du doigt. En réalité, Goyo trouvait sa fable passionnante. Tu t'en doutes, ça n'a pas plu. Quand il s'agit du sort d'un pays, on ne s'attendrit pas sur un imposteur. Et puis, un soir, ils se sont battus. Devant le café.

– Qui ?

– Nacho et le commissaire. Nacho avait fait l'aveu de ses mensonges. Le commissaire n'avait plus de raison de le provoquer. Mais il l'a roué de coups. Il est resté alité plusieurs jours. José était à son chevet. Et puis, il a décidé que c'était fini. Il a dit : la vie est derrière moi et Dieu sait qu'elle n'a pas été de mon côté... Alors j'ai fait mon temps. Et il s'est laissé mourir. Goyo disait que seuls les vieux sont capables de se laisser mourir lorsqu'ils le veulent vraiment.

– Comment a réagi Lasagual pendant qu'ils se battaient ?

– Il a laissé faire. Il disait que Nacho était un misérable mais qu'on ne pouvait rien faire pour lui. Il disait qu'on est toujours responsable de soi-même. Et seul. Toujours seul.

– Il disait, il disait... tu parles trop, Marco.

– Je réponds à tes questions !

– Mes questions, je les regrette déjà, pardonne-moi. Je vais te demander une chose. Tu peux tout me raconter. Le village, Nacho, José, Miguel, Mercedes. Tout, mais rien sur Lasagual. Ne réponds plus à mes questions. Parle-moi, Marco. Parle-moi. Mais pas de lui.

Dix-neuf heures. Marco me traduit les paroles du notaire.

– Il veut voir ta tante. À moins que tu sois disposé à être plus conciliant que la dernière fois. Je ne fais que répéter...

– Maria Pilar est à son hôtel. Je peux aller la chercher.

Ma tante vient m'ouvrir, les yeux lourds.

– Je vous dérange...

– Entrez.

– Le notaire est à la maison.

– Je n'ai pas envie de le voir.

– Et moi, je ne parle pas espagnol.

– Vous devenez lassant.

Silence.

– C'est entendu, je vais m'arranger avec le notaire.

– Comment faites-vous pour tenir, Rafael ?

– J'ai à mon actif une bonne part d'insensibilité ! C'est décidé, je vous conduis dès demain à la frontière.

– Je crois vous avoir déjà dit que je n'ai rien à faire en France !

– Vous savez, moi aussi, je me demande quand viendra mon heure.

– Votre heure ?

– L'heure de payer.

– Je vais vous dire ce qui vous retient ici. Vous attendez le moment où vous serez prêt. Prêt à tout entendre, à tout voir. Car le plus inacceptable, lorsqu'on a fermé les yeux si longtemps, n'est pas de regarder la vérité en face, mais de se soumettre à *son* regard. Oui, voilà ce à quoi on ne peut se résoudre aussi facilement : ouvrir les yeux et constater que la vérité n'a pas cessé un instant de vous scruter quand bien même vous refusiez de vous tourner vers elle. Moi, je n'aurai sans doute ni la patience ni la force de vous attendre. La foudre tombera ailleurs. Avec plus de vigueur, sans doute. Mais elle tombera. Vous, vous resterez debout. Comme toujours. Raide et inattaquable. Il n'y aura pas de prix à payer. La vie est plus pernicieuse, je peux vous en parler. La vie fait crédit. Alors, c'est du temps dont il faudra vous méfier. Le temps qui remue lentement la terre jusqu'à émietter les racines, le temps qui vous laisse pantelant, sans appui. La chute. La chute bien après. Si longtemps après.

– Tu pensais peut-être qu'il accepterait ?

Marco me toise de haut en bas, présomptueux.

– Miguel me déteste. Il ne viendra jamais dîner ici en ma présence. Cesse de faire ton Samaritain, Rafael. On dirait que tu veux imiter ton père coûte que coûte. Toujours à quémander ton rachat !

– Je n'imite pas mon père ! Préfères-tu que je t'interdise d'entrer ici ? Pour qui te prends-tu ?

Je gravis les marches de l'escalier.

Miguel n'a pas hésité une seconde : il est hors de question de pénétrer dans la maison tant que j'y hébergerai Marco.

Je ferme les sacs gonflés de vêtements.

La porte s'ouvre derrière moi. Je ne me retourne pas.

– J'ai eu tort.

– Je ne t'en veux pas.

– Je sais que tu me reproches de l'avoir connu. Je le sais.

Un temps.

– Qu'est-ce que tu as écrit à ta mère ?

– ...

– Tu n'as pas la parole facile, toi.

– ...

– Tu n'as pas peur qu'elle s'inquiète ?

– Non. Elle est habituée à vivre sans moi. Et puis, de toute façon, pourquoi crois-tu que je suis parti ?

– Tu n'es pas parti. Tu es *venu voir*. Nuance.

– Je suis parti.

– Définitivement ?

– Non. Mais parti. Bon, il est tard, Marco.

– On se ressemble, tu ne trouves pas ?

Je lui lance un regard perplexe.

– Ah, tu es trop honnête, soupire-t-il. Moi, je te le dis. On se ressemble parce qu'on est toujours de passage. On n'appartient à personne. Non ?

– Oui, peut-être.

Ces mots terribles.

*Le 4 juillet,*

*Maman,*

*Tu ouvres l'enveloppe et peut-être penses-tu recevoir des nouvelles de Lasagual. Tu lis cette lettre avec appréhension, tu redoutes qu'il y soit question de lui. Mais imagine-moi un instant seulement au seuil de ce pays nouveau... Étranger face à lui. Contraint d'affronter un silence de vingt-cinq ans, autant dire un mur infranchissable.*

*Le découragement m'a terrassé dès mon arrivée, tu sais. Car, à vrai dire, je ne puis m'empêcher de considérer mon père autrement que sous les dehors d'un simple inconnu. Cette distance me ramène à toi une fois de plus. Comme si celle-ci m'était familière. Comme si (éternel divorce) je ne m'étais jamais senti aussi méconnu que de ceux que j'ai réellement connus.*

*Je ne cesse de penser à la lettre que je t'ai envoyée hier et que tu n'as sans doute pas encore reçue (n'est-ce pas le pire : regretter un courrier que l'on ne peut plus arrêter...). Cette prise de parole tardive m'obsède. Je me sens si loin de toi, et ce depuis tant d'années.*

*Pardonne la solennité de mes propos, mais je t'ai écrit cette lettre parce que je désespère que nous n'ayons ni le temps ni l'occasion de nous juger à notre juste mesure, tous autant que nous sommes. Nous sommes incapables de nous regarder sans nous méconnaître, ce qui me met au défi de parler sincèrement à qui que ce soit. J'ai fait cette remarque ce matin à Maria Pilar : « Où que l'on aille, on est toujours pris pour un autre. » Les uns ne nous voient pas changer, ils nous jugent par habitude. Les autres font parler nos silences, à tort évidemment, car qui comprend réellement un silence... Les mythes se forgent malgré toi. Alors tu mènes une lutte incessante pour les remodeler, les réajuster. Finalement tu t'aperçois que rien ne peut déloger les certitudes qui t'ont précédée. Je n'ai pas plus l'impression d'être moi-même ici qu'auprès de toi. Juste cette légende bavarde qui m'invente à la lumière d'un type qui n'existe pas ou n'a jamais vraiment existé. Quelle confidence, fût-elle exhaustive, ferait taire nos petites opinions, nos remarques toutes faites ? Qui saurait nous allouer une part d'inconnu ? Je te le demande. L'être humain a besoin de juger. L'incertitude n'est pas dans ses cordes. Il ne supporte pas de laisser un portrait inachevé. Je crois même qu'il n'en a pas la possibilité. Je crains que l'erreur du jugement ne soit, par conséquent, autant proportionnelle à notre prolixité qu'à notre discrétion. Parle et l'on te trahira. Tais-toi et l'on t'inventera. Tout est question de langage, cette prison.*

*Plus encore que face à Lasagual (qui n'est qu'un spectre), je ne supporte plus d'être encore cet étranger face à toi. Sommes-nous condamnés à errer, fantômes les uns aux autres quand nous croyons fermement être de chair ? Je te confie mes pensées telles qu'elles me viennent, et ce sera la seule justification de cette lettre qui doit te sembler bien éloignée de mes préoccupations supposées.*

*Lasagual restera pour moi l'éternel étranger. Mais toi ?*

*Ne vaut-il pas mieux, dans ce cas, nous trahir en connaissance de cause ? Peut-être ai-je tort de rager lorsqu'il m'arrive de t'entendre émettre des jugements sur moi.*

*Car c'est là l'unique façon que nous ayons d'appréhender l'autre – à travers le prisme dérisoire des opinions grossières.*

*Je te laisse et m'en vais mettre au propre les notes que j'ai prises ces derniers jours.*

*Bien à toi.*
*Rafael*

Les cloches sonnent l'angélus, émaillées de coups de feu.

Le ciel semble délesté de quelque poids orageux. Le sol est encore humide. L'éolienne se laisse porter par un souffle régulier.

Seul sur la véranda. Les sacs-poubelle alignés devant la maison.

Une camionnette descend la combe. Elle entre dans le village, accompagnée de ce vrombissement dont on a tôt fait de perdre l'habitude à force de silence.

Elle stationne quelques secondes ; deux hommes trapus chargent les sacs, puis continuent à pied.

Ils me saluent. Je leur réponds par un signe retenu de la tête.

Les sacs disparaissent à l'arrière du véhicule. Des monceaux de tissu dont j'ignore s'ils ont gardé souvenir de mon père, le souvenir de sa peau vive, humide, puis malade.

Un sac, puis deux. Ils disparaissent comme disparaîtront bientôt les habitants. Par la même route. Celle qui gravit la combe et bifurque dans les terres. Les terres d'Espagne.

Comme disparaîtra le village lui-même.
Il n'y aura plus rien.
Rien que le souvenir d'une disparition totale.

Le commissaire, accompagné de ses deux sous-fifres, nous fait sortir, Marco et moi, sur la véranda.

– Savez-vous vraiment qui vous hébergez, monsieur Lasagual ?

Je baisse les yeux. À mes pieds, un carton. J'y distingue un amoncellement de papiers jaunis. Je m'empare d'une enveloppe. Le nom de Lasagual y est inscrit.

L'un des deux hommes gifle Marco. Ce dernier réagit immédiatement, une insulte fuse. Il saigne du nez. La couronne en or qui recouvre son incisive a volé à terre. L'homme s'empresse de la ramasser et la glisse dans sa poche. Le jeune garçon a compris qu'il n'y avait rien à faire contre la volonté du flic.

– Vous pouvez constater que ce petit salopard a volé des lettres appartenant à votre père...

Je croise les bras et enfonce mes mains dans le tissu trempé de ma chemise.

J'observe le front suant du commissaire, ce visage lisse à force d'enflure.

Maria Pilar se tient en bas des marches. Je demande :

– Où étiez-vous ?

– En ville, pourquoi ?

Elle vient jusqu'à nous et se penche au-dessus du carton.

Je fixe de nouveau le commissaire.

– Vous faites fausse route, dis-je.

Il me dévisage, perplexe.

– Marco n'a rien volé. C'est moi qui lui ai donné les lettres.

On n'entend plus que le souffle saccadé de Maria Pilar. Sa main passe et repasse sur son front comme pour repousser l'inquiétude sous la peau.

Le papier commence par noircir sans produire de flammes, puis le feu gagne du terrain. Les lettres se recroquevillent dans l'évier. Les premières cendres ne tardent pas à s'envoler en s'étiolant.

– C'est toi qui as foutu le feu ici, n'est-ce pas ?

Marco est tétanisé.

Je contemple les lettres en flammes et ouvre le robinet.

– Pourquoi les brûles-tu ? demande-t-il.

– Parce que j'ai choisi mon camp.

– Jeter. Tu ne fais que jeter.

– Ça t'étonne, peut-être ? Sache que j'ai choisi mon camp et qu'il n'est pas de ce côté-ci. Je me fous de l'Histoire qui s'est passée de moi, qui s'est passée sans moi.

Je désigne l'évier d'où monte une fumée noirâtre.

– Regarde l'Histoire disparaître. L'histoire de Lasagual disparaît. Elle crame tandis que j'y substitue la mienne.

Marco se lève, le sourcil froncé.

– J'ai entendu un bruit, déclare-t-il.

Aidé de Maria Pilar, je saisis les lettres brûlées à pleines mains et les jette dans la poubelle.

– Viens voir, insiste-t-il.

Je sors sur la véranda. La femme de Pedro s'en retourne, le pas décidé. À nos pieds, les deux costumes de Lasagual, déchiquetés, roulés en boule. Elle lance quelques mots vindicatifs sans nous regarder.

– Qu'est-ce qu'elle dit ?

– Elle dit que c'est notre faute à tous.

– Notre faute ?

– Notre faute si les hommes perdent leur travail. Notre faute si le village se meurt.

Elle rejoint un groupe de femmes assemblées près de l'église.

– Ton père n'était pas des leurs. Tu ne seras donc jamais des leurs non plus.

Oui, qu'importe que nous soyons tel ou tel puisqu'un épouvantail vient toujours nous précéder.

– C'était le jour de sa mort. On ne pouvait plus respirer. L'air était saturé. Les mouches plongeaient sous le col des chemises. À peine les avait-on chassées qu'elles revenaient à l'assaut. Je me dirigeais vers la maison d'un pas tranquille. Alors je les ai vus sous la véranda. J'ai compris que c'était la fin. J'ai couru, affolé. Ils n'ont pas voulu me laisser entrer. Le commissaire m'a chassé avec ce qu'il pensait être un argument imparable : « Le fils arrive. » Moi, je redevenais le fils de fortune, l'indésirable. J'ai rôdé un long moment autour de la maison, guettant leur départ, scrutant avec dégoût leurs visages tout enorgueillis de monter la garde et de pouvoir me tenir à distance. Il est mort en milieu d'après-midi. Le médecin légiste est arrivé assez vite. J'étais plein de rage, je n'avais pas encore pris la mesure de ce qui venait d'arriver, juste cette colère sans nom qui m'a donné la force d'attendre. Et puis, la nuit est tombée. Alors, j'ai été pris de panique. Brusquement, j'ai craint de ne plus jamais le revoir. Je voulais être auprès de lui avant ton arrivée, avant que quelqu'un ait de vraies raisons d'être à ses côtés. Et ces spectres qui me barraient la route ! Je bouillonnais, assis dans un taillis tout sec, comptant les minutes interminables, espérant à chaque mouvement les voir déguerpir, mais les deux compères du commissaire restaient inflexibles tandis que quelques rares habitants venaient se recueillir. Pourtant je savais qu'il m'attendait. Je sentais quelque chose de lui lesté à terre, incapable de soulever les mauvaises tuiles du toit pour quitter le sol. Vers deux heures du matin, ils ont enfin quitté la maison. Ils ignorent que je possède un jeu de clefs. J'ai passé le seuil de la chambre et je me suis effondré. Ils ne l'avaient pas habillé, rien, il était là, nu, désarmé, pitoyable. Ils tenaient leur vengeance. Je me suis accroché au bord du lit, j'avais envie de vomir, j'ai senti mon visage se liquéfier, j'ai tenté de me contenir, j'ai couru dans le réduit et j'ai saisi un bidon d'essence, puis je suis monté au premier étage et j'ai déversé par saccades maladroites son contenu dans la pièce. De ma main libre, j'emportais tout sur mon passage, je voyais les objets rouler à terre, recouverts bientôt par l'essence. Alors j'ai craqué une allumette et j'ai regardé un instant la pièce s'enflammer. Ça de moins pour le fils, ai-je pensé. Je me suis précipité au rez-de-chaussée. Et c'est là que j'ai entendu des cris au-dehors. Je me suis penché par la fenêtre de la cuisine : le commissaire accourait, accompagné bien sûr. J'ai aussitôt ouvert la fenêtre du salon et j'ai fui dans les vignes. J'ai couru jusqu'à ne plus savoir où je me trouvais. Je ne voulais pas revenir à la caravane, ils n'hésiteraient pas à venir m'y chercher. Au bout d'une heure, le souffle coupé, je suis tombé au beau milieu d'un champ abandonné. J'ai lancé plusieurs insultes sans savoir à qui les adresser. Je suis resté étendu jusqu'au lendemain, paralysé. Tu sais, je ne suis pas un faible. Je me suis toujours relevé quand on me mettait à terre parce que je savais que quelque chose m'attendait, devant, plus tard, ce quelque chose qui m'a toujours manqué. Eh bien ce matin-là, j'ai cru que j'allais baisser les bras. Plus rien à l'intérieur. Plus aucun désir, plus aucune trace de vie. Je me suis levé, hagard. J'ai marché jusqu'au village la tête vide. Arrivé dans la rue principale, j'ai vu un attroupement devant la maison de Goyo. Et c'est là que je t'ai vu, toi, sous la véranda. J'ai cru le voir. J'ai cru que le temps avait fait une confusion et m'avait emporté des années en arrière. Je ne sais trop à quoi ressemblait Goyo à ton âge mais je sais qu'il te ressemblait. La suite, tu la connais. Rafael ? Rafael, parle-moi. Dis quelque chose. Ne reste pas comme ça. Il fallait bien que je te raconte cette nuit terrible, n'est-ce pas ? Rafael, tu m'entends ? Je ne t'ai jamais vu ce regard. Rafael, comprends-tu ? Où vas-tu ?

Tout droit, je marche. Tout droit, je suis les sentiers que trace la faible lueur de la lune. D'une main assurée, j'écarte les branches dont l'ombre foisonnante se présente à moi. La feuillée me harcèle de frémissements auxquels ma respiration haletante semble donner écho.

Tout droit, je marche. Sans regarder derrière moi. Les yeux lavés de toute présence lumineuse, plus rien que le noir inaltérable devant moi.

Avance, avance.

Et soudain, la terre. La jachère. Une amorce d'horizon qui m'effraie. Un large espace, vide, cerné par les arbres.

Immobile.

Je regarde à travers l'espace immobile.

– Le village est désert...

Miguel me sert un café et rétorque, lapidaire :

– La vieille Mercedes est morte, cette nuit.

– Qui est mort ?

– La vieille Mercedes, vous dis-je.

Miguel semble surpris que je puisse m'inquiéter du décès d'une parfaite inconnue. Je feins la naïveté :

– Qui était cette femme ?

– La mémoire du village. Très influente, ici. Rescapée de l'épuration. Tout ce qu'il y a de plus « respectable », comme disait votre père.

– Je ne l'imaginais pas aussi grossier. De quoi est-elle morte ?

– De sa belle mort. D'épuisement. Vous êtes livide, mon pauvre. Vous avez dormi, au moins ? Tenez, buvez ça.

Et il verse quelques gouttes d'alcool blanc dans ma tasse. Je bois d'une traite.

– C'est leur raffut qui vous a tenu éveillé ?

– Quel raffut ? Je n'ai rien entendu.

– La fille de Mercedes est sortie dans la rue en hurlant vers deux heures du matin. Quelques habitants sont venus veiller la morte. Rien ne tourne rond ces temps-ci... Dites voir, il paraît qu'ils ont coincé Marco ?

– Marco ? Il est à la maison. Le commissaire est bien vantard, décidément.

– Pourquoi vous a-t-il volé ces lettres ?

– Il ne les a pas volées.

– Allons, Rafael, me rabroue-t-il en soupirant.

– ... je ne sais pas pourquoi.

– Et l'incendie ?

– Oubliez Marco ! Il s'agit juste d'un nom facile, le premier qui vient à l'esprit.

Maria Pilar vient d'entrer.

– Dire que nous n'aurons même pas eu le temps de faire sa connaissance, soupire-t-elle en s'asseyant à côté de moi.

– Vous parlez de Mercedes ?

– Miguel, servez-moi un café.

Je me tourne vers le patron :

– Pourquoi avez-vous choisi ce pays, Miguel ?

Il me jette un regard oblique, jugeant vraisemblablement la transition incongrue.

– Les Brigades internationales, ça vous dit quelque chose ?

J'approuve.

– Eh bien, à l'époque, j'avais trouvé un emploi de journalier. J'ai passé la frontière avec d'autres volontaires et je suis parti faire la guerre.

– Saviez-vous que Lasagual possédait des photos de vous ? demande ma tante.

– Lasagual possédait des photos de tout le monde. Ce qui n'allait pas sans déplaire.

– Pardon, je vous ai interrompu.

Miguel hésite.

– On nous a menés à Albacete. C'était le bordel. On arrivait de partout. Il fallait nous entraîner, nous équiper. La plupart d'entre nous ne parlaient pas un mot d'espagnol. On nous a mis entre les mains de vieux Mausers et débrouillez-vous, nous sommes partis au front. En première ligne. Une vraie boucherie. Sacrifier tant de volontaires... J'ai rejoint le POUM. En 39, Franco triomphait. Les têtes tombaient. Je me refusais à partir. Après notre défaite et l'instauration de la dictature, c'était mon devoir que de rester. J'avais choisi un pays, dans un élan inconsidéré, vous pensez, j'avais vingt ans. Néanmoins, rien ne me rappelait en France. Il y a un moment où l'Histoire vous encorde. Vous l'acceptez, très simplement.

– Et pendant l'épuration ?

Silence.

– Prison. À côté de Huesca. J'ai bénéficié de la bienveillance d'un phalangiste. Je suis venu m'installer ici.

– Et pendant ce temps-là, mon père restait planqué derrière son appareil, c'est ça ? Vous voyez, j'aurais imaginé une sorte de héros. Une figure rassurante. Mais, ironie du sort, je crains d'être passé à côté d'un type sans histoire.

– Vous parlez d'un héros... Je vais vous dire une chose, Rafael. Une chose à peu près incroyable dont j'ai payé le tribut bien après. Je n'ai jamais eu peur. La mort m'était indifférente. Je n'ai jamais eu peur de mourir. Et je n'étais pas le seul dans ce cas. Ce n'est qu'après, effectivement, que j'ai eu du mal à trouver le sommeil. Et ces nuits, je ne les souhaiterais à personne. Pas même à votre père.

– Taisez-vous.

– Pourquoi me taire ?

– Arrêtez de me parler de mon père !

– Inutile de vous énerver, intervient ma tante.

– Il faut savoir ce que vous voulez. Votre père a fait partie de l'Histoire comme tout le monde !

– Qui, mieux que nous, connaît la façon de survivre qui nous convient le mieux, Miguel ? Moi, je compte sur l'imagination pour me sauver. Depuis toujours. C'est mon droit le plus strict, non ? Celui d'imaginer ce qui n'a pas eu lieu. On vit où l'on peut. Toutes les vies se valent, y compris celles qui ne font que nous traverser l'esprit. Voilà des années que je fais mentir l'histoire de Lasagual, des années que je fais mentir ma propre histoire parce que la vie m'en paraît plus supportable. Et alors ? Que m'importe si ça vous saute aux yeux ? Que m'importe cette foutue vérité qui ne fait de toute façon pas grand cas de nous ? Pourquoi devrais-je porter l'histoire de mon père sur la gueule ? Miguel, la maison est à vous, si vous le souhaitez.

Il m'observe, sans comprendre. Maria Pilar est tout aussi étonnée.

– Je vous cède la maison. Vous seul pouvez convaincre les ouvriers de la verrerie de refaire le toit. Je vous aiderai. Vous êtes à l'étroit ici. Vous y installerez votre café. Alors, je pourrai partir.

– Vous n'y pensez pas ?

Je reste dépité par le peu d'efficacité de mon effet, dépité comme on peut l'être à la suite d'une démonstration d'affection qui tombe à plat.

– Que je m'installe chez Lasagual et c'est la mort de mon café !

– Allons, Rafael, murmure ma tante. Rentrons.

Il me semble n'avoir plus qu'un devoir à présent – laisser cette maison debout. La savoir promise à la ruine m'est proprement intolérable. De sa possible survie (c'est-à-dire de son occupation) dépendra donc mon départ. Je n'aurai jamais le courage de la laisser péricliter, elle et cette mémoire obscure dont j'espère secrètement qu'elles me seront toujours une chair invisible, une énigme pareille à ces rêves auxquels on s'accroche des jours et des jours sans pouvoir les déchiffrer, ces rêves que l'on s'entête à raconter, que l'on se remémore sans cesse, tout cela parce qu'ils détiennent une part insondable de nous-mêmes, la part manquante.

Le décès de la vieille Mercedes a alimenté les conversations tout un après-midi pour être bientôt relégué aux vieilles lunes : l'annonce de la fermeture définitive de la verrerie venait de tomber.

Le médecin légiste a été le premier à déserter. Mû par une crainte aveugle, il a tenu à débarrasser les lieux sans attendre. Il a fait venir une camionnette de Huesca et a vidé sa petite maison dans la nuit qui a suivi. Il s'est contenté d'un salut rapide. Sans doute reviendra-t-il prêter ses services, mais rien de plus.

Cette fois, une page est tournée, qui scelle le destin du village, le pousse sur des rails dont on se doute qu'ils déboucheront tôt ou tard sur un précipice.

*4 juillet 1981.*

*J'ai convaincu Maria Pilar d'aller voir son frère en début d'après-midi. Elle s'est rendue à la maison à contrecœur. J'ignore ce qui s'y est dit.*

*C'est elle qui m'a ouvert.*

*– Goyo aura bientôt fini sa sieste. Il souhaiterait que vous l'accompagniez dans votre voiture.*

*– L'accompagner où ? Au dispensaire ?*

*– J'ignore, à vrai dire. Il a envie de voir du pays.*

*– Comment la journée s'est-elle passée ?*

*– Je vous laisse imaginer. Mais je crois qu'il entre dans sa méchanceté une bonne part de délire. Quand je suis arrivée tout à l'heure, il souffrait atrocement, c'est évident. Il s'accroche tant bien que mal...*

*Goyo est entré dans le salon.*

*– Inutile de faire cette tête, ai-je fait remarquer. Nous parlions bien de vous.*

*Maria Pilar l'a aidé à enfiler un vieux pardessus. Il a saisi sa canne.*

*– Allons. Conduis-moi.*

*J'ai ouvert la portière, côté passager. Lasagual a mis du temps pour se glisser dans la voiture.*

*– Ne jouez pas la comédie, par pitié. Où allons-nous ?*

*Il a désigné la route qui s'enfonce dans les terres.*

*J'ai allumé une cigarette.*

*– Ce n'est pas bon pour moi, fils.*

*– Allons, vous vous montrez plus souffreteux que vous ne l'êtes.*

*– C'est la maladie, Rafael.*

*– Si vous commencez à y croire, elle vous emportera d'autant plus vite.*

*Il s'est tourné vers moi, les yeux exorbités. Puis, il s'est radouci.*

*– Regarde... Fut un temps, j'exploitais ces vignes. On me les a rognées. Les salopards.*

*– Pour quel motif ?*

*Je l'ai senti pris de court.*

*– Connais-tu la verrerie ?*

*Sourire las.*

*– Non, je ne connais pas la verrerie.*

*– Tu te moques de moi, a-t-il constaté.*

*– Oui.*

*– Il ne doit plus rester beaucoup d'ouvriers.*

*J'ai accéléré. Le grand hangar se profilait à l'horizon.*

*– Je vais te faire visiter.*

*Même protocole – j'ouvre la porte de Monsieur Lasagual, ne l'aide surtout pas à s'extraire de la voiture (il se vexerait) et le suis, comme un subalterne escorte son chef.*

*Il régnait à l'intérieur une chaleur incroyable. Un grand four aux multiples bouches trônait à quelques mètres de nous. Des hommes, armés de longs pieux, faisaient tournoyer la matière brûlante dans le feu. Quelques pas en arrière. Ils reprenaient alors leur rota-*

*tion rapide dans l'air. Le magma flamboyant s'harmonisait en arrondi. Puis, ils le replongeaient au-dessus du feu.*

*Ils ont fait mine d'être tout entiers à leur labeur.*

*Enfin, un individu s'est dirigé vers nous. Il a échangé quelques paroles avec Lasagual. L'homme semblait déconcerté par notre visite.*

*Je me tenais debout derrière lui. Puis, Lasagual m'a présenté. J'ai serré la main chaude de l'homme. Nous voilà bien avancés, ai-je pensé. Un tour pour rien.*

*Mon père s'est tourné vers moi, désemparé, mais prenant bien soin de ne rien laisser paraître. Au seuil de l'usine, il a porté une main à son ventre. Je me suis précipité vers lui pour le soutenir. Il m'a écarté d'un geste autoritaire, s'efforçant d'avancer vaille que vaille.*

*– Nous devrions rentrer, ai-je suggéré.*

*– Nous allons rouler un peu. Il faut que tu connaisses le pays.*

*– Je ne suis pas venu visiter l'Espagne.*

*– Il serait regrettable de repartir sans avoir vu tout ça.*

*– Je suis venu pour voir votre tête. Point. Voir votre tête pendant qu'il en est encore temps.*

*– Ma parole, tu as décidé de m'enterrer !*

*– Cessez de vous plaindre. Je vous ai déterré au contraire.*

*Je crois qu'il n'a pas apprécié. Cette fois, nous étions à armes égales.*

*– Pourquoi n'avez-vous jamais répondu à ma lettre ?*

*– Tu tiens à ce que je m'explique ?*

*– Non, après tout. Ne vous fatiguez pas. À quoi bon vous justifier.*

*Mon père ne semble pas disposé à me ménager, rattraper son absence, fût-ce au moyen de mensonges dont je trouverais aisément à m'arranger... Non, il avoue. Il est cet accusé docile que j'implore, implicitement, de se disculper mais qui ne veut rien entendre tant les faits l'accablent.*

*Voilà ce qui arrive lorsqu'on intente un procès de plein droit. Rien n'est venu nous leurrer. La blessure n'est pas née d'un malentendu, comme on pouvait l'espérer. Non, le sort nous donne raison. Sans discussion. Il ne faut toutefois pas compter sur lui pour nous dédommager. La victoire est à nous. Ni plus, ni moins. Vaine victoire.*

*– Ça suffit maintenant. La visite est terminée. Je vous ramène au village.*

Les femmes préparent le corps de Mercedes.

Au loin, les hommes se chargent d'abattre l'un des murets du cimetière pour le reconstruire un peu plus loin. À l'évidence, il n'est pas question d'enterrer la défunte avant que le lieu ait retrouvé ses frontières apparentes, son tracé clos, en sorte que les morts soient enfouis loin des vivants.

Le commissaire se tient derrière moi.

– C'est un *signe* que de libérer tant d'espace, n'est-ce pas ?

– Quel fatalisme.

– Les habitants ont raison de croire que la mort appelle la mort. L'Histoire ne fait que revenir sur les lieux qu'elle a déjà dévastés.

– Épargnez-moi vos grandes théories, commissaire. Il faudra bien qu'ils crèvent un jour ou l'autre, voilà tout.

Au loin, les pioches cognent la terre. Les pierres se tassent sans bruit, éjectant chaque fois quelques grammes d'elles-mêmes pour venir se coincer les unes contre les autres.

– Savez-vous pourquoi ils reconstruisent le muret au sud ? demande le commissaire d'un œil torve.

– Non.

– Pour que le cimetière ne vienne plus jamais empiéter sur le village.

– Qu'entendez-vous par *plus jamais* ?

– Vous ignorez qu'il a été déplacé une première fois ? Cela fait bien une soixantaine d'années. Autrefois, il était situé non loin d'ici. À l'entrée du village en somme. Votre père a construit sa maison sur l'ancien cimetière, dois-je vous l'apprendre ? Car pour tout dire, personne ne voulait du terrain. Il fallait un étranger pour venir l'occuper.

De retour à la maison, je fouille la poche arrière de mon pantalon. J'en sors la photographie de Lasagual. Je la tends à Maria Pilar qui prépare le dîner.

– Où l'avez-vous trouvée ? demande-t-elle. Je l'ai cherchée partout.

Elle s'essuie les mains et observe la photographie. On pourrait croire qu'elle la découvre pour la première fois.

– Je vous l'avais volée.

Elle me fixe avec incompréhension.

– Eh oui, je ne vaux pas mieux que Marco. Nous sommes tous à nous l'approprier, comme s'il y avait là un quelconque héritage à en tirer. Mais finalement je vous le laisse. Je vous le laisse à tous deux.

Assis au comptoir, je tente de convaincre Miguel d'installer son café dans la maison de Lasagual. Je suis ivre.

– Allons, que craignez-vous que les morts aient laissé sous la terre ? Voilà plusieurs jours que je vis dans cette maison. Et je vous assure que je n'ai pas même perçu l'écho d'une plainte !

Je ricane.

– La terre est sèche !

– En attendant, le médecin a foutu le camp, mon petit. Et pourtant, me direz-vous, il a approché tous les morts du pays.

En désespoir de cause, Miguel se met en quête d'une bouteille dans l'arrière-boutique.

– Un jour, nous aurons le courage de fêter les morts, soupire-t-il.

À ces mots, mes paupières s'affaissent, lentement, très lentement.

Je me réveille une heure plus tard, sous le regard inquiet de Maria Pilar et de Marco.

C'est fait : Miguel a accepté ma proposition. Les travaux commenceront sans tarder.

Je ne saurai jamais ce qui l'a tant effrayé. En tout cas, qu'il s'accommode de la figure prétendument honnie de mon père me conforte dans l'idée qu'il a toujours plus ou moins feint le mépris.

J'ai confié mon étonnement à Marco. Ce dernier a fini par avouer que Miguel et Lasagual se voyaient souvent. Après la fermeture du café, autant que possible. Je ne sais que penser.

Quoi qu'il en soit, cette nouvelle contribue à légitimer dans mon esprit la perspective d'un départ prochain. J'aiderai à la reconstruction, attendrai que le café ouvre de nouveau et quitterai le village.

La verrerie fournit à Miguel la majeure partie de sa clientèle. Aussi a-t-il décidé d'y chercher ses indispensables recrues.

Il s'agit là d'un moyen idéal pour financer le déménagement auquel la fermeture de la verrerie contraindra certains. Quatre seulement ont été élus. Miguel risque de s'attirer les foudres.

Il ne cesse de me demander quel nom donner à ce

nouveau café (la reconstruction le grise et il lui semble du plus bel effet que de le rebaptiser). J'ai coutume de lui proposer cette formule dont il n'apprécie guère l'ironie et que m'a soufflée Marco : *Por el recuerdo a los muertos*, ce qui signifie : *En souvenir des morts*. Alors, Miguel en vient à douter du bien-fondé de l'entreprise :

– Plus personne n'entrera dans mon café... Hier, les hommes de la verrerie m'ont assommé de questions, reprochant à nos ouvriers de s'être compromis dans une telle aberration. Non, personne n'y entrera plus.

L'inquiétude le rajeunit, neutralisant cette réserve rustre que chacun lui connaît.

Hier, le médecin est venu nous rendre visite.

– Nous tiendrez-vous compagnie le jour de l'ouverture ? lui ai-je demandé. Nous ne pourrons tolérer votre absence à la fête !

Miguel, qui commandait ses hommes de l'escalier, m'a adressé un regard furibond.

– Une fête ? Mais qui a parlé d'une fête ?

– Il faudra bien organiser quelque chose pour l'inauguration. Je compte aller dès demain à Huesca louer les services de musiciens. Nous couvrirons les arbres de guirlandes lumineuses, de loupiotes de toutes les couleurs. Non ? Maria Pilar est de mon avis.

– Vous vous avancez, Rafael, a soufflé ma tante.

– Ma foi, je n'avais pas réfléchi en ces termes, a conclu Miguel.

Suggérer cette fête lui paraît si incongru qu'il n'a pas trouvé à m'en faire le reproche.

Est-il possible de guider la superstition des hommes ?

Pour artificielle qu'elle pourra paraître, l'idée de cette fête désarçonnera le village ; de fait, je suis convaincu que nous parviendrons, par le bluff, à changer, peut-être même à métamorphoser, le funeste profil de ce café dans les esprits.

La réfection du toit touche à sa fin.

Nous vivons toutefois des jours singuliers, sans qu'on puisse se l'expliquer précisément ; de ceux en tout cas dont on devine qu'ils sont annonciateurs d'un changement.

Le baromètre a chuté progressivement. À l'inverse, la chaleur ne disparaît pas et semble, bien au contraire, se charger d'une humidité tenace qui rend pénible le labeur dans la maison de Lasagual. Le ciel s'est densifié au point que toutes les parcelles duveteuses de l'air, si concentrées et solidement nouées, ne forment plus qu'une épaisse voûte grise. À l'évidence, un orage est sur le point d'éclater. Bien loin d'en espérer la venue, pour le rafraîchissement probable qu'il nous procurera, les habitants le craignent secrètement.

Et parce que le poids du ciel s'évertue toujours à tirailler les âmes, nous ne fûmes pas étonnés, ce matin, de voir la voiture de Pedro se garer devant la maison. Elle était chargée de valises, de cartons, de ballots jusqu'au toit.

Il est sorti du véhicule, le sourcil froncé, disposé à se justifier bec et ongles si l'occasion lui en était donnée. Il a fait venir sa femme pour toute caution muette. Les deux enfants sont restés dans la voiture.

Miguel a engagé la conversation, sous l'œil attentif de Marco.

– Ils s'en vont eux aussi, a murmuré ce dernier. Il part habiter chez son oncle à Huesca.

S'en est suivi un échange véhément où chacun prit à cœur de se montrer convaincant. Séparés par la rambarde de la véranda, et comme fièrement retranchés dans leur bastion respectif, Miguel et Pedro ont haussé le ton à plusieurs reprises, s'aidant de leurs mains pour appuyer leurs paroles. Rien n'y a fait, bien sûr. Pedro l'a salué d'un signe de la tête, sans un regard vers moi.

Un certain nombre d'habitants ont suivi sa voiture jusqu'à ce qu'elle disparaisse en haut de la combe, puis ils se sont enfermés chacun dans leur maison.

– Que veux-tu ?

Il est dix-neuf heures. José se tient sur le pas de la porte, la tête basse.

Le fils de Nacho doit être âgé d'une trentaine d'années. Son mutisme ne l'en fait paraître que plus jeune et innocent, à la manière des simples d'esprit que le temps se plaît à épargner. Unique témoin de sa conscience : ce regard craintif supposé pallier l'inexplicable désertion des mots.

– Explique-toi !

Il hausse les épaules. En désespoir de cause, je le fais entrer. Je désigne le canapé. Il ôte sa veste et s'assied. Les mains nouées, il attend.

– Je sais que Pedro est parti.

Il ne comprend pas mais m'observe sereinement, tel un sourd habitué à percevoir le monde à travers le rideau opaque du silence. Au bout d'un moment, il sourcille et fouille sa veste. Il en sort une enveloppe jaunie et me la tend.

– Que veux-tu que je fasse de ça ?

Il m'engage à l'ouvrir.

– Lasagual ?

Il opine avec vigueur.

– Tu viens me rendre ce que Pedro m'a volé, c'est ça ? C'est toi qui m'as cassé le dos l'autre soir ?

Une nausée affleure, que je tente de repousser tant bien que mal. Je me précipite au-dessus de l'évier. Les spasmes sont sans effet. Ma bouche reste sèche.

Je reviens auprès de José et m'empare de l'enveloppe. Je l'ouvre.

Les prises de vue semblent avoir été effectuées dans une cour de prison. À gauche, statufiés contre le mur, des hommes rasés, les mains dans le dos. Penché au balcon, un attroupement bourgeois venu sans doute assister à l'exécution. On peut apercevoir sur le gravier l'ombre des armes pointées vers le ciel.

– C'est Lasagual qui a pris ces clichés ?

José demeure silencieux.

Les photographies suivantes représentent les prisonniers en pied.

Marco vient d'entrer. Il se penche au-dessus de moi. Je vais pour replacer les photographies dans leur enveloppe mais me ravise à la vue du dernier portrait.

Un jeune homme, le regard braqué sur l'objectif.

Miguel.

Impossible de se méprendre. Miguel, il y a quarante ans, dévisageant Lasagual derrière l'objectif.

– Drôle d'endroit pour une rencontre, dis-je. Où était-ce ?

– Pas très loin d'ici. Sur la route de Huesca.

Deux soldats encadrent Miguel. J'observe attentivement l'individu de gauche.

– Cet homme ne te dit rien ?

Marco ne répond pas. Il sait mais il ne répond pas.

– Eh bien voilà le village réuni. Tu aurais pu me dire que Pedro avait des choses à se reprocher. Normal qu'il ait voulu me reprendre ces clichés, l'habit phalangiste lui va si bien... Pourquoi Pedro n'a-t-il pas cherché à voler ces photos avant cela ?

– ...

– Réponds, Marco.

– Goyo le faisait chanter.

Mon père, ce héros.

Une fièvre sans répit m'a tenaillé ces quatre derniers jours.

Le premier étage de la maison est à présent achevé. Miguel et ses hommes y ont installé un lit où je suis resté allongé, sans possibilité de me lever ni même d'ingérer quoi que ce soit.

Je ne garderai qu'un souvenir très vague de ces heures où il m'a semblé impossible de sortir de mon état de torpeur. Les cauchemars se sont succédé, que je tentais chaque fois d'interrompre, implorant le sommeil de me libérer, espérant retrouver sans tarder les draps trempés de mon lit.

Le pire est survenu au matin de ma guérison. Car au paroxysme de ma frayeur allait répondre une chute radicale de la fièvre.

Je me trouvais à ressasser un rêve obscur quand je crus apercevoir, à l'autre bout de la pièce, l'oiseau noir que j'avais croisé ici même, le jour de mon arrivée. J'avisai la porte fermée, mon corps immobilisé sous les couvertures. Je ne sais trop pourquoi, il me parut qu'il était impossible de fuir. Je demeurai assis sur mon lit, clignant des yeux pour m'assurer qu'il ne s'agissait pas là d'une hallucination. Mais non, l'oiseau me fixait, conscient qu'il avait l'avantage.

C'est alors que je m'avouai vaincu et retombai sur l'oreiller. L'oiseau disparut au même instant.

La pièce était vide, étincelante dans sa nouvelle blancheur.

– Personne ne daigne faire le déplacement. Maria Pilar et moi-même avons écumé tous les cafés de Huesca. Et parmi eux quelques cabarets. Nul ne sait où se trouve le village... J'ai eu beau leur expliquer, ils m'ont paru totalement indifférents.

– Laissez tomber cette histoire de fête, me conseille Miguel.

Il ne tient pas à épiloguer et retourne à ses travaux qui occupent à présent le rez-de-chaussée. Je m'assois sur les marches de la véranda. Marco vient me rejoindre.

– Quand partez-vous ? me demande-t-il avec dépit.

– Dès que possible.

– Rafael... Je sais que tu me l'as toujours refusé mais... je voudrais aller au cimetière avec toi.

Nous nous immobilisons devant la tombe de Lasagual.

– Tu as toujours ce chiffon à la main ? demande-t-il.

– Je viens assez rarement ici, tu sais. La vue que nous en avons de la maison m'est suffisamment pénible. Quand je me retrouve devant sa tombe, je ne sais que faire, quelle attitude adopter. Alors j'en fais le tour, mon chiffon à la main, j'élimine les poussières, les brindilles. Je m'invente une raison d'être là...

– Tu lui parles ?
– Jamais. Le corps qui repose ici ne m'est rien. Ce n'est pas celui que j'ai imaginé.
– Il a ses traits au moins ?
– Je suppose que non. Je ne me rappelle déjà plus son visage. Il m'est apparu si glabre...
– Qu'est-ce que ça veut dire ?
Je souris.
– Une gueule de cadavre, si tu préfères.
– Tu penses souvent à lui ?
– ...
– Je sais bien qu'il n'existe pas d'autres réponses.
Il reprend, la mine coupable :
– Rafael, j'ai lu ce que tu as commencé à écrire dans le carnet que tu caches sous le canapé.
Je me sens pâlir.
Je regarde droit devant. La montagne. La terre sous mes pieds. Les tombes dans l'entre-deux.

Qu'importe ce qui a réellement eu lieu...
L'essentiel est là, en chacun de nous, bâti selon notre bon vouloir. Et quand bien même, il ressort toujours de l'affabulation quelque vérité. La réalité est bien pauvre, bien pauvre comparée à ce que chacun de nous peut imaginer, seul et sans fin.
La réalité est là, tapie au creux de notre imagination. Pour le meilleur. Et pour le pire.

*4 juillet 1981.*

*– Goyo ! Goyo ! Elle est revenue !*

*Lasagual a tendu l'oreille. J'ai rejoint Marco sur la véranda.*

*– ¿ Es ella, seguro ? a hurlé mon père de l'intérieur.*

*– Oui, j'en suis sûr !*

*La voiture s'est garée devant l'hôtel. Une femme en est sortie et s'est engouffrée dans le hall, chargée d'une lourde valise.*

*– Dolorès ? ai-je lancé à tout hasard.*

*Marco n'a pas répondu, le regard rivé sur la façade de l'hôtel.*

*Je me suis dirigé d'un pas décidé vers la place.*

*Dolorès fut surprise de faire ma connaissance. Elle accepta toutefois de s'entretenir avec moi un moment.*

*Nous nous sommes installés au café.*

*– J'ai connu Goyo à son retour en Espagne. Nous nous sommes rencontrés chez mes parents à Barcelone. J'étais jeune, à l'époque. Et un peu amoureuse de lui, ce qui m'a valu quelques remontrances. Il faut vous dire que Goyo a toujours été pris pour un couard*

*n'ayant rien fait ni rêvé pendant la guerre. Mes parents n'ont jamais su discerner la vague honte qu'il lui en était restée. Personne à cette époque n'admettait qu'on pût se retirer du jeu. Dois-je accuser mon jeune âge, toujours est-il que je n'ai pas trouvé à m'embarrasser de cette prétendue lâcheté, cette incapacité à décider de son sort au milieu de tous. Il en a toujours coûté à Goyo de choisir, se ranger derrière une bannière. Votre père n'a jamais connu ce tremblement terrible qui leur a tous fait prendre les armes.*

*Elle m'a fixé, vérifiant sur mon visage que j'étais bien disposé à entendre son récit.*

*– L'oubli allant, mes parents l'ont revu plusieurs fois à son retour. Grâce à lui, j'ai pu prendre la mesure de tout ce qui m'avait jusque-là semblé obscur dans notre itinéraire – ce volontarisme forcené pendant la guerre, et puis l'exil en France, cette certitude que nos trajets, et notre vie au fond, devaient être nécessairement sanglés par l'Histoire, à ses ordres. Goyo jetait un regard lointain mais éloquent sur cette blessure. Un regard humble. On devient plus tolérant quand on a essuyé le blâme.*

*Une vague ironie a éclairé son visage.*

*– J'étais fascinée par sa verve, ce spectacle qu'il s'inventait en permanence, comme pour s'excuser de n'être pas réellement des nôtres. Une sorte de revanche un peu vaine, et pathétique. Une fois étudiante, j'ai passé toutes mes vacances chez lui. Mes parents se sont souvent inquiétés de savoir ce que nous fabriquions tous les deux... Je ne leur en veux pas. Ils avaient besoin de savoir, comme tout le monde. Je regrette que le soupçon soit toujours nourri de désapprobation, mais que voulez-vous, c'est ainsi... En réalité, j'aurais bien*

*été en peine d'expliquer ce qui nous liait réellement. Rien en tout cas qui répondît à l'orthodoxie qu'attendaient de moi mes parents. Je l'ai très peu revu ces derniers temps.*

*Je n'ai pas pris la peine de lui préciser que Lasagual m'a fait un récit sensiblement différent.*

*– C'est étrange, a-t-elle ajouté, je ne vous trouve pas de ressemblance particulière. En revanche, vous avez le même sourire, la même façon de détourner votre regard. Vous voyez comme le mimétisme est une chose mystérieuse. On pourrait croire que vous avez vécu avec lui.*

*Je me suis raidi sur mon tabouret.*

*– Il a été odieux depuis que nous sommes arrivés. J'ignore s'il faut accuser votre absence...*

*– Vous avez l'impression d'être arrivé trop tard, n'est-ce pas ?*

*Je n'ai pas répondu.*

*– Vous savez, vous n'êtes pas le seul à regretter des choses irrévocables. Mais dites-vous bien que ce n'est sans doute pas le pire – car vous l'oublierez. Vous pensez que je n'ai pas le droit de vous dire ça en souriant ? Vous en ferez votre deuil, comme tout le monde. C'est la sombre victoire de l'âge. Une sorte de résignation. Nostalgique à ses heures. Mais tellement raisonnable... Il y a quelques années, je jugeais indécente la sagesse molle de mes parents. Je pensais (j'espérais, pour être tout à fait honnête) qu'ils vivraient toujours sur les cendres de la guerre... Mais on oublie jusqu'à la trace de nos cicatrices, c'est comme ça. Vous lâcherez tôt ou tard votre air farouche.*

*Il m'a toujours semblé que mon père n'était pas digne de moi. Tout cela parce que j'ai craint de n'être pas digne de lui.*

*Qu'est-ce que je raconte.*
*Mon père n'est pas digne de moi.*

– C'est vous qui aviez raison.

Maria Pilar se tient en bas des marches, sa valise à la main.

– Voulez-vous bien me déposer à la frontière ?

La radio espagnole se brouille. Les ondes françaises s'y substituent progressivement. Maria Pilar éteint le poste, estimant sans doute que ce dernier moment passé ensemble mérite davantage qu'un vague grésillement.

– Mon père vous parlait-il de la vieille Mercedes ?

– Vous dites « mon père », à présent ?

– Il n'y a pas de quoi être fier.

– Il me semble avoir eu vent de cette femme, effectivement.

Maria Pilar fouille ses souvenirs.

– Je crois qu'elle le détestait. Ce qui le rendait très malheureux. Il n'avait pas droit de cité chez elle, or tout le village s'y retrouvait pour écouter la radio...

Maria Pilar part d'un rire franc.

– J'espère que je vais trouver la sagesse de ne pas me ruer sur ses lettres sitôt arrivée chez moi. Ce serait sordide et d'une complaisance...

– Vous ne les avez jamais relues ?
– J'ai essayé. En vain.
– Alors envoyez-les-moi.
– Elles sont écrites en espagnol.
– Marco me les traduira.
J'hésite.
– Je suis au courant, vous savez.
– Au courant de quoi ? prononce ma tante avec appréhension.
– Non. Oubliez.
Maria Pilar me guide jusqu'à Port-Bou. Je manque lui demander s'il s'agit bien de la ville que mon père a tant fréquentée lorsqu'il s'adonnait au trafic d'alcool, puis je me souviens que cet épisode n'est que le fruit de mon imagination.
Je coupe le moteur.
Elle sort son portefeuille et me tend quelques billets.
– Voilà pour la voiture.
– Ne vous inquiétez pas pour ça.
– J'insiste.
– Inutile.
– Bon... Me donnerez-vous des nouvelles ?
– Certainement. Ma famille est suffisamment amputée comme ça. Croyez-moi, je vais m'accrocher à ceux qu'on a daigné me présenter ! Et puis... nous pourrons parler de lui, je veux dire, plus sereinement...
– Vous m'en voulez ?
– De vous être tue ? Non. Vous me laissez faire le chemin seul. J'irai jusqu'au bout. Pour l'instant, je vous accompagne sur le quai.
– Non, ne perdez pas de temps.
– Votre valise est rudement lourde.
Maria Pilar me sourit et se penche vers moi. Elle

passe sa main dans mes cheveux, puis sur ma joue, et m'embrasse affectueusement.

– Portez-vous bien. Et promettez-moi de quitter ce village de misère dès que vous pourrez.

– Promis. Mais vous savez, on se prend parfois à ne plus pouvoir se passer de ce que l'on déteste.

– Regardez devant vous et oubliez-le un peu. C'est une suggestion tout à fait incongrue mais, avec vous, tous les espoirs sont permis... Je suis certaine que vous êtes du bon côté. Je veux dire... vous ne vous laisserez pas casser. Avec un peu de vigilance.

Je la regarde s'éloigner, le pas alourdi par sa valise.

– Maria Pilar !

Elle s'immobilise et se retourne de trois quarts.

– Ne parlez pas de tout ça à ma mère.

Elle opine et repart en direction de la gare.

Je descends de voiture et aperçois quelques habitants réunis près de l'église. J'entre dans le café qui sera bientôt flambant neuf. Miguel m'explique que les hommes ruminent avec aigreur la fermeture de la verrerie.

Je m'assois au comptoir et détaille les individus qui se trouvent là. José, assis et silencieux comme à son habitude, cherchant notre présence à défaut de notre compagnie. Marco, que Miguel laisse maintenant entrer, contraint et forcé. Enfin, le curé.

Tous se mettent à converser en français, me conviant implicitement à donner mon avis.

– Il faut travailler la terre, arguë Miguel. C'est la seule façon de sauver le village.

– Je crains que votre proposition ne vienne bien tard, soupire le curé. Savez-vous depuis combien de temps ces champs n'ont rien produit ?

– Padre, j'ai passé dix ans de ma vie dans les champs, alors vous n'allez pas m'apprendre à faire pousser le blé !

Nous jetons un regard vers l'extérieur. La rumeur monte.

– Mettez-vous à leur place, murmure le curé. Que voulez-vous qu'ils fassent sinon rager et accuser la terre entière ?

– Dites voir : c'est vous qui avez eu cette idée, Rafael ?

Miguel désigne les murs du café. Maria Pilar et moi-même nous sommes effectivement mis en devoir d'accrocher tous les clichés qu'a réalisés mon père.

– Si Lasagual a photographié les habitants du village, c'est bien pour qu'ils puissent se voir, pour qu'ils y reconnaissent leurs parents.

Le commissaire vient d'entrer. Marco le suit des yeux, la mine craintive. Le vieil homme le jauge avec mépris et arpente la pièce, observant avec application les photographies.

– Monsieur Lasagual voudrait-il nous faire croire que son père était un artiste ?

Il vient s'asseoir au comptoir. Marco se lève discrètement et monte au premier étage.

– Fils de pute ! vocifère le commissaire en le suivant des yeux. C'est comme ça que l'on dit chez vous, n'est-ce pas ?

Il me toise d'un regard hautain.

S'ensuit une conversation en espagnol, prononcée à mi-voix.

Je me poste à la fenêtre. Les hommes ont quitté le parvis. Je me penche. Ils viennent dans notre direction.

– Regardez ça !

On ne réagit pas. Je réitère avec autorité. Miguel et le curé font quelques pas. Mais le chahut a déjà commencé.

Nous nous réfugions derrière le comptoir, les laissant achever leur triste tâche.

Ils commencent par défoncer les planches de la véranda, puis brisent les fenêtres. Les bouteilles que Miguel a disposées sur le comptoir volent contre les murs, parsemant le sol de mille éclats. Une forte odeur d'alcool flotte dans la pièce. Certains montent au premier étage. Les autres s'emploient à déloger tous les cadres, piétinant les photographies.

Enfin, ils s'immobilisent.

Nous formons deux lignes face à face. Ils se jettent un regard entendu. L'un d'eux fait quelques pas dans ma direction et me crache au visage. Ils abandonnent sur place leurs armes de fortune et se dirigent vers la sortie, sans prononcer un mot.

Miguel est blême.

– Vous êtes tous devenus fous, soupire le commissaire.

Sur ces mots, il quitte la maison.

– Ce serait trop vous demander que de nous aider ?

Il ne prend pas la peine de se retourner.

– Laissez, souffle le curé.

Et nous commençons à ramasser les débris.

Au bout d'un moment, Miguel s'accroupit, à bout de force.

– Padre, accompagnez-moi. Que nous lavions au moins le sol. J'ai tout le nécessaire chez moi.

– Avez-vous vu Marco ?

On me fait signe que non. Les deux hommes s'éloignent, indifférents.

Je monte au premier étage.

– Marco, je te cherchais partout...

Il est assis au pied du lit. Ses genoux repliés soutiennent sa tête, recueillant des sanglots muets.

L'armoire est en désordre. Un grand sac à terre. Une vieille lampe renversée, un cadre, un réveil brisé.

Je m'agenouille près de lui.

– Ils ne t'ont pas frappé au moins ?

– Je me suis caché dans l'armoire.

– Que fais-tu avec cette corde, à la main ?

– Je ne voulais pas que tu la voies.

Je relève son front et l'oblige à me regarder. Le contour de ses yeux est marqué par de fins liserés rouges.

J'observe l'objet sans comprendre.

Il la déplie. La corde forme une boucle en son extrémité.

– Ne me dis pas que tu ne t'en doutais pas. La maladie, c'était un beau prétexte. Il lui restait du temps, beaucoup de temps devant lui.

Impossible de prononcer une seule parole.

– Il savait que tu viendrais, tu sais. Il attendait ce moment avec appréhension. Et puis, non, il n'a pas eu le courage d'affronter ton regard.

Marco marche devant moi à grandes enjambées. Ses pieds soulèvent la terre assoiffée, foulent les rares talus d'herbes qui ont su résister au soleil. Je m'efforce de suivre son allure.

Je vois se profiler l'allure penchée de la caravane. Le jeune garçon se retourne vers moi. Son visage ne porte aucune expression particulière, il est pareil à son pas, blanc et mécanique.

L'odeur de renfermé me fait plisser les yeux.

Il tire les rideaux minuscules. Un halo cru pénètre dans l'habitacle.

Il commence à siffler un air.

– Tu connais ?

– Il ne me semble pas...

Je résiste.

Il ouvre un placard, s'empare d'un objet recouvert d'un tissu brun et vient s'asseoir à côté de moi. Il m'observe avec fierté.

– C'est l'orgue de Barbarie que Goyo m'avait offert pour mes dix-huit ans.

Il caresse d'une main précautionneuse le bois peint. Puis ses doigts encerclent la manivelle latérale et l'actionnent. La partition, pliée en rectangles réguliers au bout de l'orgue, se soulève et entraîne les premiers poinçons. Je reconnais la mélodie que Marco vient de siffler.

– C'est un air triste, dis-je.

Marco a un léger sursaut. Il redouble d'énergie et accélère la rotation. La musique n'en paraît que plus sombre.

Les mesures s'enchaînent. Marco me lance un regard de connivence et désigne son avant-bras pour marquer l'effort. Je souris vaguement. Puis, mes yeux se perdent dans le vide.

Ce poids qui revient dans mon buste. Qui monte lentement puis disparaît pour revenir l'instant d'après. Plus glacé. Plus saisissant.

La corde.

– Ne regrette rien, Rafael. Il y a bien longtemps qu'il avait perdu ses esprits.

Je tourne la tête. La musique ne fait que s'accélérer. Marco parle, les yeux baissés.

– À la fin, il racontait toujours l'histoire de ce professeur qu'il a connu lors d'un bref retour en France. Un vieil homme qui vivait chez les frères depuis la fin de la guerre. D'étranges rumeurs couraient à son sujet. L'homme en question parlait peu, alimentant les récits en tous genres. Les élèves prétendaient qu'il avait été collabo... Puis il a décliné. De plus en plus. Le jour de sa mort, les frères ont rassemblé ses affaires. Tu sais ce qu'ils ont trouvé ?

– Non.

– Ils ont trouvé deux cartes d'identité... Ce type avait tenté de se refaire une peau. Il avait enterré toute une partie de sa vie et s'en était réinventé une autre.

Je le laisse poursuivre, le ventre noué. La musique bourdonne à mes oreilles.

– Goyo disait toujours : voilà un salaud qui a dû payer de son silence mais qui sera resté un salaud jusqu'au bout. Les frères devaient bien être au courant, mais qu'importe leur éventuel pardon ou complaisance, Goyo disait : le miroir lui aura toujours renvoyé l'image de ce qu'il a fait, l'image de son double immonde.

Ma tête tourne. Je porte une main à mon front. La musique s'arrête brutalement.

– Pourquoi mon père nous a-t-il quittés ?

– Parce que ta mère savait tout de lui. Parce qu'il ne supportait plus qu'elle *sache*.

– Qu'elle sache quoi ?

– Les pelotons d'exécution. L'épuration dans les premières années qui ont suivi la guerre.

– Continue.

– C'est comme ça qu'il occupait son temps pendant que ses parents et ta tante vivaient en France. Il photographiait les exécutions et servait dans les pelotons. Il abattait les « mauvais bergers », comme ils disaient à l'époque.

Je ne bouge plus.

– C'est lui qui a fait libérer Miguel, ajoute-t-il hésitant.

– Quelle bravoure... Je comprends à présent que Lasagual ait trouvé à se faire respecter.

– Mais il y a eu la vieille Mercedes.

– La braise sous les cendres... Quand je pense que tu as réussi à vivre avec un type comme ça. Capable du meilleur comme du pire... Moi, je ne vois pas autre chose là-dedans qu'une affreuse multiplication. La multiplication de deux signes contraires. Or tu sais bien que le meilleur par le pire donne toujours le pire. Au fond, il a bien fait de se passer la corde au cou. Il aurait à l'évidence jugé mon regard insoutenable.

Comme retenu dans l'air, l'orgue bascule, lentement, et vient frapper le sol. Alors, quelques notes gémissent puis s'étouffent en un écho discordant.

*4 juillet 1981.*

*– Il tenait à ressortir son plus beau costume, a soupiré ma tante. Je n'ai pas eu mon mot à dire. Il a mis un temps infini à l'enfiler, puis s'est recouché exténué. Il ne va pas tarder.*

*Dolorès et moi-même avons aidé Maria Pilar à dresser le couvert.*

*– Je commence à cerner le personnage. Tant qu'il emmerde le monde, c'est qu'il est encore vivant... Maria Pilar, avez-vous eu le courage de préparer vos fameux poivrons ?*

*Elle a souri, me remerciant implicitement pour ma sollicitude.*

*Il est entré dans le séjour d'un pas incertain, la tête haute néanmoins. Puis, il a contemplé ses deux femmes. Il jubilait. Il a pris place sur le vieux canapé, tel un pacha déchu, et nous a suivis des yeux.*

*Maria Pilar avait demandé à ce que Marco n'assiste pas au dîner. Rétrospectivement, je trouve cette décision assez injuste.*

*Enfin, il est venu s'installer à table.*

*– Ouvre cette bouteille, Rafael. Ma dernière récolte.*

*– Tu ne vas tout de même pas boire, Goyo ? s'est inquiétée Dolorès.*

*– Et pourquoi pas ? Nous allons fêter ton retour.*

*Il s'est repris.*

*– Et la venue de Rafael, bien sûr.*

*– Inutile de vous forcer.*

*Nous avons levé notre verre dans un silence terrifiant.*

*– Vous ne dites rien ? a-t-il constaté. Alors je lève mon verre à vous tous.*

*– Et vous ? ai-je lancé.*

*– Moi, je n'ai besoin de rien.*

*– Alors à votre santé ! ai-je insisté avec méchanceté.*

*Maria Pilar et Dolorès se sont tournées vers moi. Lasagual a gardé toute mesure, paradant :*

*– Mon fils ne connaît pas la vieille carne que je suis. Il ne sait pas que je suis décidé à faire de vieux os.*

*– Tu suis ton traitement, au moins ? a demandé Dolorès.*

*Maria Pilar a répondu à sa place :*

*– Les médecins l'ont suspendu pour l'instant.*

*Nous avons tous deviné les raisons de pareille décision.*

*– Je vais quitter le village, a-t-il déclaré.*

*– Pas maintenant, a corrigé Maria Pilar.*

*– Je vais quitter le village et aller m'installer au bord de la mer.*

*Il a continué à boire. Il avait perdu tout cynisme. J'ai su que c'en était fait. Lasagual parlait avec l'invraisemblable certitude d'un homme proche de la mort.*

*En fin de compte, on peut très bien mettre la mort au défi lorsqu'elle tonne au loin. En revanche, qu'elle se rapproche et sa lumière finit par nous aveugler.*

*Ainsi, Lasagual venait d'oublier qu'il allait mourir. Il avait dû l'oublier, percevant que l'heure était proche. Qu'il forge un projet d'avenir et l'on peut décréter le condamné déjà mort.*

*J'ignorais à quel moment nous partirions, mais je savais que nous partirions cette nuit. La mer, Lasagual la verrait avant le jour. Il la verrait avant de mourir. C'est-à-dire avant le lendemain matin vraisemblablement.*

*Il a repoussé l'assiette que lui tendait Maria Pilar. Nous retenions notre souffle. Finalement, nous nous sommes forcés à manger. Il ne faisait que boire, par petites gorgées. Il s'est essuyé le front.*

*– Tu ne te sens pas bien, a constaté Maria Pilar.*

*Il a nié. Dolorès était muette. Peut-être s'imaginait-elle allant veiller un mourant. C'était pire que tout – elle se voyait contrainte de suivre ses derniers pas, ses gestes que rien ne semblait pouvoir assagir. Elle devait sourire devant l'entêtement d'un homme persuadé que la vie ne peut plus lâcher.*

On croirait à une procession, un cortège, que sais-je encore, un cérémonial funeste, celui-là même qu'on a refusé à mon père. Trois véhicules, lents, très lents, qui s'éloignent du village en prenant garde de ne pas faire ronfler les moteurs. Curieuse discrétion. Trois de moins, ou six, neuf, en comptant les femmes et les enfants. Ils partent eux aussi. Un peu plus de vide pour nourrir le silence étouffant du village. Un peu plus de ce désert impalpable, un désert qui gagne du terrain, de jour en jour, ôtant les derniers souffles de vie qui trouvent encore à passer entre les craquelures de la chaux. Bientôt les couleuvres, les lézards s'en iront à leur tour. Plus rien ne viendra grignoter, user la pierre que le néant, le néant qui mate et brise davantage que le frottement quotidien des hommes.

– Nous cherchons Marco.

Je lance au commissaire un regard perplexe.

– A-t-il assisté au départ des voitures ? demande-t-il d'un air las.

– Où sont-ils partis ?

– À votre avis ? Ils vont en ville. Aussi loin que possible. En ville, il y a du travail. En ville, les morts ne se voient pas.

– Je ne sais pas où il est. Je l'ai vu cet après-midi, mais j'ignore où il est à présent. Pourquoi le cherchez-vous ?

Le commissaire me fixe, la mine entendue.

– La caravane a disparu, monsieur Lasagual.

– Je vous demande pardon ?

– Votre Marco a filé.

Effectivement, la caravane a disparu. Il ne reste qu'un rectangle d'herbes fauchées. Plus loin, les discrètes tranchées des roues.

Une nuit à l'attendre. Sur les marches de la véranda. Puis, dans la salle vide du café.

Une nuit à veiller la vérité. La contempler de face, dans le plus grand isolement, un isolement décuplé, me semble-t-il, par ces départs successifs. Je serai bientôt l'unique habitant d'une forêt dont les arbres s'abattent les uns après les autres ; il ne sera plus question d'aller me protéger sur leur flanc, me glisser dans les taillis, les hautes herbes, corps discret quoique étranger dans cette friche inconnue. Je resterai debout au beau milieu d'un espace en voie de désertification, debout quand tout aura basculé à l'horizontale.

Une heure du matin. Je remonte dans la pièce du haut et m'écroule sur le lit tout habillé, à l'affût du moindre bruit. Le visage de Marco ne me quitte plus. Il me semble qu'il réapparaîtra tôt ou tard. Il viendra m'adresser quelques mots avant de partir définitivement.

On n'entend que le souffle des oiseaux de nuit qui fouettent l'air en volant.

Le carnet est là, à mes pieds. Le brûlerai-je comme j'ai brûlé les lettres ou m'entêterai-je à n'avoir d'yeux que pour l'impossible ? Dire que je me suis engagé dans ce récit avec l'espoir infantile que je parviendrais à y enfermer mon père. Voilà donc : je ne suis qu'au début du chemin. Comment ai-je pu croire qu'il est possible d'exhumer un spectre une bonne fois pour toutes ? Car tout ce que l'on déterre, volontairement ou non, nous accompagnera à visage découvert au lieu de nous poursuivre dans des galeries de taupes. Rien de plus. Nul miracle. On sentait l'animal courir sous nos pieds ; il nous fracassait l'échine à cogner la terre, à dévier notre course. À présent nous tenons la bête dans nos bras, et il ne suffit pas de l'avoir regardé en face pour pouvoir soutenir son regard. Il faut sans doute du temps pour se faire à sa clarté aveuglante. Du temps pour le terrasser.

Cette fois-ci, une part de moi-même m'est revenue. Celle qui exigera de moi le temps et la patience.

– Je vous réveille...

Je me redresse, encore ensommeillé. Je mets quelques minutes avant de comprendre.

– Vous vous demandez pourquoi j'ai dormi dans la chambre de mon père ?

Je mène Miguel vers l'escalier et le laisse passer devant moi. Une fois dans la pièce du haut, nous nous penchons au-dessus de l'animal. Miguel découvre la vitre brisée, les morceaux de verre sur le sol.

– Il a foncé dans la fenêtre ?

J'approuve.

– Et vous ne l'avez pas ramassé ?

– Je préférerais que vous vous en chargiez. Le plus étrange dans cette phobie, c'est que je crains bien plus les oiseaux morts que vifs...

Miguel me lance un sourire narquois.

– Rafael, vous êtes livide. Asseyez-vous. Pas une marque de trouble lorsqu'il s'agit du père. En revanche, un oiseau mort vous terrorise...

Miguel part s'enquérir d'un torchon. Je contemple la masse noire, les ailes brisées. La tête de l'oiseau embrasse le sol, le cou tordu.

Miguel le ramasse. Il suit mon regard.

– Calmez-vous, Rafael.

– Je suis très calme. Et sachez que je suis capable de prendre les araignées à pleine main.

Il quitte la pièce en riant.

– Un café ?

– Oui, merci. Combien de clients ?

– Aucun. Sinon vous.

Miguel adopte un ton plus solennel :

– J'ai appris la nouvelle.

– C'est ce qu'il avait de mieux à faire.

– Et foutre le feu à la maison ?

– Par pitié, Miguel.

– Vous avez toujours défendu Marco...

– Et alors ?

– Alors vous me faites penser à votre père.

– Que voulez-vous. Il y a des fatalités comme ça... Des choses auxquelles on n'échappe pas.

– Et maintenant ? demande-t-il.

– Maintenant, je vais partir, dis-je simplement. Je vais commencer à vivre. Enfin, me mettre en route.

J'esquisse un sourire.

– En route pour la France ?

– Je ne crois pas.

– Et votre mère ? Votre frère ?

Je bois mon café.

– Il est temps.

Je gare la voiture devant la maison. J'observe une dernière fois le café. Vide.

– Je vous souhaite de trouver quelques clients...

– Il en part quatre de plus, demain. Je les suivrai s'il

le faut. Pour le moins, cette maison sera la dernière à tomber ! De quel côté partez-vous ?

Je désigne l'intérieur des terres. L'Espagne.

Le curé se tient derrière moi. Je lui serre la main et monte dans la voiture.

– Pouvez-vous me rendre un dernier service, Miguel ?

Il opine.

– Faire partir ce paquet pour ma mère.

– Comptez sur moi.

Silence. Le dernier.

– Vous n'avez rien oublié, Rafael ?

– Non, je ne crois pas. Je dois juste oublier ici un peu de moi-même...

*Le halo cru des phares éclaire les bords de la route, traçant les limites d'une obscurité insondable. On aperçoit de temps à autre le profil vulgaire d'une habitation. Je pourrais bifurquer plein nord et atteindre la mer, mais je poursuis ma course, me laissant croire qu'elle saura prolonger le sursis accordé à Lasagual.*

*Le vieil homme, je crois, n'est plus conscient. Il a refusé que nous appelions un médecin. Comme prévu (devrais-je dire, comme convenu ?), je l'ai mené jusqu'à la voiture. J'ai quitté le village sans tarder.*

*La route est longue, j'en réinvente l'horizon chaque seconde, le repousse toujours plus loin, comme si ce voyage devait ne jamais finir. Il ne finira jamais.*

*L'autre soir, il m'a interrompu en plein interrogatoire. Il en avait assez de mes questions, de mon inquisition fouille-merde.*

*– Que cherches-tu à la fin ? s'est-il écrié. Toujours à prendre ton air soupçonneux.*

*J'ai rétorqué que je cherchais la vérité, un peu de vérité, il n'est jamais trop tard. Il m'a observé avec attendrissement, comme l'on jauge un adolescent trop entier et sans nuances.*

*– Tu veux que je te dise, Rafael ? Je ne t'empêcherai pas d'aller chercher ta sacro-sainte Vérité. Mais souviens-toi seulement que toute vérité expire passé vingt minutes.*

*Le dernier souffle de Lasagual s'étire aussi loin que la route.*

*Je n'aime pas mon père, mais je suis avec lui. Je l'accompagne.*

*Il n'a jamais été question de sentiment. On ne peut aimer cet homme-là.*

*Il est seulement question d'inconditionnel. Nous venons et nous retournerons tous à l'inconditionnel.*

*Un lien me tenaille, que je ne peux esquiver.*

*J'avance, j'avance.*

*Je suis les pas du temps.*

*Le temps qui l'a foudroyé et m'en délivrera.*

*J'invente l'horizon. Devant moi.*

[Pli adressé à Marthe Lasagual, contenant une lettre et un carnet]

*Le 10 juillet,*

*Maman,*

*Je dois te dire que Lasagual est mort.*

*Il est mort cette nuit. Dans l'obscurité de la voiture. Alors que je le conduisais sur la côte cantabrique.*

*Comme convenu, je joins à cette lettre mon carnet qui retrace la chronique de mon séjour chez lui. Bref séjour. Tu l'y retrouveras tel qu'il est devenu, et non pas tel que tu l'as connu (du moins, je le souhaite).*

*Je partirai demain. Comme tant d'autres.*

*Ils ont annoncé la fermeture de la verrerie il y a peu. Les habitants désertent le village les uns après les autres, à un rythme cruel, oserais-je dire, tant il semble tenir d'une régularité quasi mécanique. Sitôt le mouvement lancé, il ne s'est pas passé une journée sans que de nouveaux noms se soient ajoutés à la liste.*

*Comme quoi, la nature a sans doute besoin d'équilibrer ses forces de façon bien manichéenne ; c'est, en effet, le pire d'entre eux qui, en mourant, aura décidé du sort d'un village. Quel intérêt y avait-il à rester maintenant que l'objet de leur haine immémoriale avait disparu ? Mais ne te méprends pas, maman – je les comprends parfaitement. Et je comprends tellement qu'on m'ait craché au visage. Simplement, on me pardonnera d'aller me refaire une peau ailleurs. La mienne. Une peau française. Délestée de son habit à lui que je n'ai pas choisi.*

*Oui, je partirai demain après avoir confié ce paquet à Miguel.*

*À l'intérieur des terres, il fait moins sec.*

*Je vais revenir, maman. Je vais revenir.*

*Plus tard.*

*Trouve-t-on un jour la paix ?*

*Bien à toi.*

*Ton fils.*

[Lettre échappée du carnet]

*Monsieur,*

*Vous ne me connaissez pas. Pas plus que je ne vous connais. Je n'entends que très rarement parler de vous. Ma mère ne m'a jamais proposé de me présenter à vous. Je crois n'en avoir pas envie moi-même. Il le faudra pourtant, vous le savez bien. Permettez-moi, par conséquent, de vous adresser cette promesse – je viendrai à vous un jour. Quand, je l'ignore. Vous ne quitterez toutefois pas cette terre sans avoir rencontré ce fils dont vous n'avez pas voulu.*

*Bien à vous,*
[signature illisible]

COMPOSITION : CHARENTE-PHOTOGRAVURE À L'ISLE D'ESPAGNAC
IMPRESSION : NORMANDIE ROTO IMPRESSION S.A.S. À LONRAI (FRANCE)
DÉPÔT LÉGAL :JANVIER 2001. N°40338-2 (05-1566)

# Collection Points

DERNIERS TITRES PARUS

P1124. La Revanche de Dieu, *par Gilles Kepel*
P1125. À ton image, *par Louise L. Lambrichs*
P1126. Les Corrections, *par Jonathan Franzen*
P1127. Les Abeilles et la Guêpe, *par François Maspero*
P1128. Les Adieux à la Reine, *par Chantal Thomas*
P1129. Dondog, *par Antoine Volodine*
P1130. La Maison Russie, *par John le Carré*
P1131. Livre de chroniques, *par António Lobo Antunes*
P1132. L'Europe en première ligne, *par Pascal Lamy*
P1133. Les Nouveaux Maîtres du monde, *par Jean Ziegler*
P1134. Tous des rats, *par Barbara Seranella*
P1135. Des morts à la criée, *par Ed Dee*
P1136. Allons voir plus loin, veux-tu ?, *par Anny Duperey*
P1137. Les Papas et les Mamans, *par Diastème*
P1138. Phantasia, *par Abdelwahab Meddeb*
P1139. Métaphysique du chien, *par Philippe Ségur*
P1140. Mosaïque, *par Claude Delarue*
P1141. Dormir accompagné, *par António Lobo Antunes*
P1142. Un monde ailleurs, *par Stewart O'Nan*
P1143. Rocks Springs, *par Richard Ford*
P1144. L'Ami de Vincent, *par Jean-Marc Roberts*
P1145. La Fascination de l'étang, *par Virginia Woolf*
P1146. Ne te retourne pas, *par Karin Fossum*
P1147. Dragons, *par Marie Desplechin*
P1148. La Médaille, *par Lydie Salvayre*
P1149. Les Beaux Bruns, *par Patrick Gourvennec*
P1150. Poids léger, *par Olivier Adam*
P1151. Les Trapézistes et le Rat, *par Alain Fleischer*
P1152. À livre ouvert, *par William Boyd*
P1153. Péchés innombrables, *par Richard Ford*
P1154. Une situation difficile, *par Richard Ford*
P1155. L'éléphant s'évapore, *par Haruki Murakami*
P1156. Un amour dangereux, *par Ben Okri*
P1157. Le Siècle des communismes, *ouvrage collectif*
P1158. Funky Guns, *par George P. Pelecanos*
P1159. Les Soldats de l'aube, *par Deon Meyer*
P1160. Le Figuier, *par François Maspero*
P1161. Les Passagers du Roissy-Express, *par François Maspero*
P1162. Visa pour Shanghai, *par Qiu Xiaolong*
P1163. Des dahlias rouge et mauve, *par Frédéric Vitoux*

P1164. Il était une fois un vieux couple heureux
*par Mohammed Khaïr-Eddine*
P1165. Toilette de chat, *par Jean-Marc Roberts*
P1166. Catalina, *par Florence Delay*
P1167. Nid d'hommes, *par Lu Wenfu*
P1168. La Longue Attente, *par Ha Jin*
P1169. Pour l'amour de Judith, *par Meir Shalev*
P1170. L'Appel du couchant, *par Gamal Ghitany*
P1171. Lettres de Drancy
P1172. Quand les parents se séparent, *par Françoise Dolto*
P1173. Amours sorcières, *par Tahar Ben Jelloun*
P1174. Sale Temps, *par Sara Paretsky*
P1175. L'Ange du Bronx, *par Ed Dee*
P1176. La Maison du désir, *par France Huser*
P1177. Cytomégalovirus, *par Hervé Guibert*
P1178. Les Treize Pas, *par Mo Yan*
P1179. Le Pays de l'alcool, *par Mo Yan*
P1180. Le Principe de Frédelle, *par Agnès Desarthe*
P1181. Les Gauchers, *par Yves Pagès*
P1182. Rimbaud en Abyssinie, *par Alain Borer*
P1183. Tout est illuminé, *par Jonathan Safran Foer*
P1184. L'Enfant zigzag, *par David Grossman*
P1185. La Pierre de Rosette, *par Robert Solé et Dominique Valbelle*
P1186. Le Maître de Pétersbourg, *par J.M. Coetzee*
P1187. Les Chiens de Riga, *par Henning Mankell*
P1188. Le Tueur, *par Eraldo Baldini*
P1189. Un silence de fer, *par Marcello Fois*
P1190. La Filière du jasmin, *par Denise Hamilton*
P1191. Déportée en Sibérie, *par Margarete Buber-Neumann*
P1192. Les Mystères de Buenos Aires, *par Manuel Puig*
P1193. La Mort de la phalène, *par Virginia Woolf*
P1194. Sionoco, *par Leon de Winter*
P1195. Poèmes et Chansons, *par Georges Brassens*
P1196. Innocente, *par Dominique Souton*
P1197. Taking Lives/Destins violés, *par Michael Pye*
P1198. Gang, *par Toby Litt*
P1199. Elle est partie, *par Catherine Guillebaud*
P1200. Le Luthier de Crémone, *par Herbert Le Porrier*
P1201. Le Temps des déracinés, *par Elie Wiesel*
P1202. Les Portes du sang, *par Michel del Castillo*
P1203. Featherstone, *par Kirsty Gunn*
P1204. Un vrai crime pour livres d'enfants, *par Chloe Hooper*
P1205. Les Vagabonds de la faim, *par Tom Kromer*
P1206. Mister Candid, *par Jules Hardy*
P1207. Déchaînée, *par Lauren Henderson*

P1208. Hypnose mode d'emploi, *par Gérard Miller*
P1209. Corse, *par Jean-Noël Pancrazi et Raymond Depardon*
P1210. Le Dernier Viking, *par Patrick Grainville*
P1211. Charles et Camille, *par Frédéric Vitoux*
P1212. Siloé, *par Paul Gadenne*
P1213. Bob Marley, *par Stephen Davies*
P1214. Ça ne peut plus durer, *par Joseph Connolly*
P1215. Tombe la pluie, *par Andrew Klavan*
P1216. Quatre Soldats, *par Hubert Mingarelli*
P1217. Les Cheveux de Bérénice, *par Denis Guedj*
P1218. Les Garçons d'en face, *par Michèle Gazier*
P1219. Talion, *par Christian de Montella*
P1220. Les Images, *par Alain Rémond*
P1221. La Reine du Sud, *par Arturo Perez-Reverte*
P1222. Vieille Menteuse, *par Anne Fine*
P1223. Danse, danse, danse, *par Haruki Murakami*
P1224. Le Vagabond de Holmby Park, *par Herbert Lieberman*
P1225. Des amis haut placés, *par Donna Leon*
P1226. Tableaux d'une ex., *par Jean-Luc Benoziglio*
P1227. La Compagnie, le grand roman de la CIA
*par Robert Little*
P1228. Chair et sang, *par Jonathan Kellerman*
P1230. Darling Lilly, *par Michael Connelly*
P1231. Les Tortues de Zanzibar, *par Giles Foden*
P1232. Il a fait l'idiot à la chapelle !, *par Daniel Auteuil*
P1233. Lewis & Alice, *par Didier Decoin*
P1234. Dialogue avec mon jardinier, *par Henri Cueco*
P1235. L'Émeute, *par Shashi Tharoor*
P1236. Le Palais des Miroirs, *par Amitav Ghosh*
P1237. La Mémoire du corps, *par Shauna Singh Baldwin*
P1238. Middlesex, *par Jeffrey Eugenides*
P1239. Je suis mort hier, *par Alexandra Marinina*
P1240. Cendrillon, mon amour, *par Lawrence Block*
P1241. L'Inconnue de Baltimore, *par Laura Lippman*
P1242. Berlinale Blitz, *par Stéphanie Benson*
P1243. Abattoir 5, *par Kurt Vonnegut*
P1244. Catalogue des idées reçues sur la langue
*par Marina Yaguello*
P1245. Tout se paye, *par Georges P. Pelacanos*
P1246. Autoportrait à l'ouvre-boîte, *par Philippe Ségur*
P1247. Tout s'avale, *par Hubert Michel*
P1248. Quand on aime son bourreau, *par Jim Lewis*
P1249. Tempête de glace, *par Rick Moody*
P1250. Dernières Nouvelles du bourbier, *par Alexandre Ikonnikov*
P1251. Le Rameau brisé, *par Jonathan Kellerman*

P1252. Passage à l'ennemie, *par Lydie Salvayre*
P1253. Une saison de machettes, *par Jean Hatzfeld*
P1254. Le Goût de l'avenir, *par Jean-Claude Guillebaud*
P1255. L'Étoile d'Alger, *par Aziz Chouaki*
P1256. Cartel en tête, *par John McLaren*
P1257. Sans penser à mal, *par Barbara Seranella*
P1258. Tsili, *par Aharon Appelfeld*
P1259. Le Temps des prodiges, *par Aharon Appelfeld*
P1260. Ruines-de-Rome, *par Pierre Sengès*
P1261. La Beauté des loutres, *par Hubert Mingarelli*
P1262. La Fin de tout, *par Jay McInerney*
P1263. Jeanne et les siens, *par Michel Winock*
P1264. Les Chats mots, *par Anny Duperey*
P1265. Quand j'avais cinq ans, je m'ai tué, *par Howard Buten*
P1266. Vers l'âge d'homme, *par J.M. Coetzee*
P1267. L'Invention de Paris, *par Eric Hazan*
P1268. Chroniques de l'oiseau à ressort, *par Haruki Murakami*
P1269. En crabe, *par Günter Grass*
P1270. Mon père, ce harki, *par Dalila Kerchouche*
P1271. Lumière morte, *par Michael Connelly*
P1272. Détonations rapprochées, *par C.J. Box*
P1273. Lorsque la nature parlait aux Égyptiens
*par Christian Desroches Noblecourt*
P1274. Le Tribunal des Flagrants Délires, t. 1
*par Pierre Desproges*
P1275. Le Tribunal des Flagrants Délires, t. 2
*par Pierre Desproges*
P1276. Un amant naïf et sentimental, *par John le Carré*
P1277. Fragiles, *par Philippe Delerm et Martine Delerm*
P1278. La Chambre blanche, *par Christine Jordis*
P1279. Adieu la vie, adieu l'amour, *par Juan Marsé*
P1280. N'entre pas si vite dans cette nuit noire
*par António Lobo Antunes*
P1281. L'Évangile selon saint Loubard, *par Guy Gilbert*
P1282. La femme qui attendait, *par Andreï Makine*
P1283. Les Candidats, *parYun Sun Limet*
P1284. Petit Traité de désinvolture, *par Denis Grozdanovitch*
P1285. Personne, *par Linda Lê*
P1286. Sur la photo, *par Marie-Hélène Lafon*
P1287. Le Mal du pays, *par Patrick Roegiers*
P1288. Politique, *par Adam Thirlwell*
P1289. Érec et Énide, *par Manuel Vazquez Montalban*
P1290. La Dormeuse de Naples, *par Adrien Goetz*
P1291. Le croque-mort a la vie dure, *par Tim Cockey*
P1292. Pretty Boy, *par Lauren Henderson*

P1293. La Vie sexuelle en France, *par Janine Mossuz-Lavau*
P1294. Souvenirs obscurs d'un Juif polonais né en France *par Pierre Goldman*
P1295. Dans l'alcool, *par Thierry Vimal*
P1296. Le Monument, *par Claude Duneton*
P1297. Mon nerf, *par Rachid Djaïdani*
P1298. Plutôt mourir, *par Marcello Fois*
P1299. Les pingouins n'ont jamais froid, *par Andreï Kourkov*
P1300. La Mitrailleuse d'argile, *par Viktor Pelevine*
P1301. Un été à Baden-Baden, *par Leonid Tsypkin*
P1302. Hasard des maux, *par Kate Jennings*
P1303. Le Temps des erreurs, *par Mohammed Choukri*
P1304. Boumkœur, *par Rachid Djaïdani*
P1305. Vodka-Cola, *par Irina Denejkina*
P1306. La Lionne blanche, *par Henning Mankell*
P1307. Le Styliste, *par Alexandra Marinina*
P1308. Pas d'erreur sur la personne, *par Ed Dee*
P1309. Le Casseur, *par Walter Mosley*
P1310. Le Dernier Ami, *par Tahar Ben Jelloun*
P1311. La Joie d'Aurélie, *par Patrick Grainville*
P1312. L'Aîné des orphelins, *par Tierno Monénembo*
P1313. Le Marteau pique-cœur, *par Azouz Begag*
P1314. Les Âmes perdues, *par Michael Collins*
P1315. Écrits fantômes, *par David Mitchell*
P1316. Le Nageur, *par Zsuzsa Bánk*
P1317. Quelqu'un avec qui courir, *par David Grossman*
P1318. L'Attrapeur d'ombres, *par Patrick Bard*
P1319. Venin, *par Saneh Sangsuk*
P1320. Le Gone du Chaâba, *par Azouz Begag*
P1321. Béni ou le paradis privé, *par Azouz Begag*
P1322. Mésaventures du Paradis *par Erik Orsenna et Bernard Matussière*
P1323. L'Âme au poing, *par Patrick Rotman*
P1324. Comedia Infantil, *par Henning Mankell*
P1325. Niagara, *par Jane Urquhart*
P1326. Une amitié absolue, *par John le Carré*
P1327. Le Fils du vent, *par Henning Mankell*
P1328. Le Témoin du mensonge, *par Mylène Dressler*
P1329. Pellé le conquérant 1, *par Martin Andreson Nexø*
P1330. Pellé le conquérant 2, *par Martin Andreson Nexø*
P1331. Mortes-Eaux, *par Donna Leon*
P1332. Déviances mortelles, *par Chris Mooney*
P1333. Les Naufragés du Batavia, *par Simon Leys*
P1334. L'Amandière, *par Simonetta Agnello Hornby*
P1335. C'est en hiver que les jours rallongent, *par Joseph Bialot*

P1336. Cours sur la rive sauvage, *par Mohammed Dib*
P1337. Hommes sans mère, *par Hubert Mingarelli*
P1338. Reproduction non autorisée, *par Marc Vilrouge*
P1339. S.O.S., *par Joseph Connolly*
P1340. Sous la peau, *par Michel Faber*
P1341. Dorian, *par Will Self*
P1342. Le Cadeau, *par David Flusfeder*
P1343. Le Dernier Voyage d'Horatio II, *par Eduardo Mendoza*
P1344. Mon vieux, *par Thierry Jonquet*
P1345. Lendemains de terreur, *par Lawrence Block*
P1346. Déni de justice, *par Andrew Klavan*
P1347. Brûlé, *par Leonard Chang*
P1348. Montesquieu, *par Jean Lacouture*
P1349. Stendhal, *par Jean Lacouture*
P1350. Le Collectionneur de collections, *par Henri Cueco*
P1351. Camping, *par Abdelkader Djemaï*
P1352. Janice Winter, *par Rose-Marie Pagnard*
P1353. La Jalousie des fleurs, *par Ysabelle Lacamp*
P1354. Ma vie, son œuvre, *par Jacques-Pierre Amette*
P1355. Lila, Lila, *par Martin Suter*
P1356. Un amour de jeunesse, *par Ann Packer*
P1357. Mirages du Sud, *par Nedim Gürsel*
P1358. Marguerite et les Enragés
*par Jean-Claude Lattès et Éric Deschodt*
P1359. Los Angeles River, *par Michael Connelly*
P1360. Refus de mémoire, *par Sarah Paretsky*
P1361. Petite Musique de meurtre, *par Laura Lippman*
P1362. Le Cœur sous le rouleau compresseur, *par Howard Buten*
P1363. L'Anniversaire, *par Mouloud Feraoun*
P1364. Passer l'hiver, *par Olivier Adam*
P1365. L'Infamille, *par Christophe Honoré*
P1366. La Douceur, *par Christophe Honoré*
P1367. Des gens du monde, *par Catherine Lépront*
P1368. Vent en rafales, *par Taslima Nasreen*
P1369. Terres de crépuscule, *par J. M. Coetzee*
P1370. Lizka et ses hommes, *par Alexandre Ikonnikov*
P1371. Le Châle, *par Cynthia Ozick*
P1372. L'Affaire du Dahlia noir, *par Steve Hodel*
P1373. Premières armes, *par Faye Kellerman*
P1374. Onze jours, *par Donald Harstad*
P1375. Le croque-mort préfère la bière, *par Tim Cockey*
P1376. Le Messie de Stockholm, *par Cynthia Ozick*
P1377. Quand on refuse on dit non, *par Ahmadou Kourouma*
P1378. Une vie française, *par Jean-Paul Dubois*
P1379. Une année sous silence, *par Jean-Paul Dubois*